小鹿斑比

Bambi

世紀名家

目錄

推薦序

陳欣希　臺灣讀寫教學研究學會 創會理事長

我們讀的故事，決定我們成為什麼樣的人！

經典，之所以成為經典，就是因為——其內容能受不同時空的讀者青睞，而且，無論重讀幾次都有新的體會！

兒童文學的經典，也不例外，甚至還多了個特點——適讀年齡：從小、到大、到老！

◇年少時，這些故事令人眼睛發亮，陪著主角面對問題、感受主角的喜怒哀樂……，漸漸地，有些「東西」留在心裡。

◇年長時，這些故事令人回味沈思，發現主角的處境竟與自己的際遇有些相似……，漸漸地，那些「東西」浮上心頭。

◇年老時，這些故事令人會心一笑，原來，那些「東西」或多或少已成為自己的一部分了。

是的，我們讀的故事，決定我們成為什麼樣的人。

擅長寫故事的作者，總是運用其文字讓我們讀者感受到「主角如何面對自己的處境、有何情緒反應、如何解決問題、擁有什麼樣的個性特質、如何與身邊的人互動……」。就這樣，在閱讀的過程中，我們會遇到喜歡的主角，漸漸形塑未來的自己；在閱讀的過程中，我們會感受不同時代、不同國家的文化，漸漸拓展寬廣的視野！

鼓勵孩子讀經典吧！這些故事能豐厚生命！若可，與孩子共讀經典，聊聊彼此的想法，不僅促進親子的情感、了解小孩的想法、也能讓自己擷取生命的養分！

陳安儀　親職專欄作家、「多元作文」和「媽媽 Play 親子聚會」創辦人

在這麼多年教授閱讀寫作的歷程之中，經常有家長詢問我，該如何為孩子選一本好書？而我常常告訴家長：「如果你對童書或是兒少書籍真的不熟，不知道要給孩子推薦什麼書，沒有關係，選『經典名著』就對了！」

為什麼呢？道理很簡單。一部作品，要能夠歷經時間的汰選，數十年、甚至數百年後依舊能廣受歡迎、歷久不衰，證明這本著作一定有其吸引人的魅力，以及亙古流傳的核心價值，才能夠不畏國家民族的更替、不懼社會經濟的變遷，一代傳一代，不褪流

行、不嫌過時，歷久彌新，長久流傳。

這些世界名著，大多有著個性鮮明的角色、精采的情節，以及無窮無盡的想像力，令人目不轉睛、百讀不厭。此外，這類作品也不著痕跡的推崇良善的道德品格，讓讀者在不知不覺的閱讀經驗之中，潛移默化，從中學習分辨是非善惡、受到感動啟發。

張東君 外號「青蛙巫婆」、動物科普作家、金鼎獎得主

雖說市面上每年都有非常多的作家寫了很難數清的作品，但是，出版社仍不時會重新出版許多前人寫的故事，最重要的原因就在於那是「經典」、「古典」，是歷久彌新、經得起時間考驗、必讀不可的好故事（還大多被拍成電視、電影、卡通、動畫）。

《小鹿斑比》讓我認識許多野生動物會遇到的危險，以及鹿媽媽和老鹿王教給小斑比的許多生活經驗和智慧，也再次讓我確認有些書雖然是歷久彌新，但是假如能夠在小時候以純真的心情閱讀，更能獲得一輩子的深刻記憶。至於回憶是否美好，當然是要看作品囉！

縱然現在的時代已經不同，經典文學卻仍舊不朽。我的愛書，希望大家也都會喜歡。

張佩玲 南門國中國文老師

經典名著之所以能流傳上百年，正因為它們蘊藏珍貴的人生智慧。目川文化選取了不同時空的精采故事，帶著孩子一起進入智慧的殿堂。當孩子正要由以圖為主的閱讀，逐漸轉換至以文為主階段，此系列的作品可稱是最佳選擇，無論情節的發展、境況的描述、生動的對話等皆透過適合孩子閱讀的文字呈現。

《小鹿斑比》自我探索的蛻變過程，容易讓逐漸長大成熟的孩子引起共鳴，並體會父母對自己殷切的愛與期待。

我們由衷希望孩子能習慣閱讀，甚至能愛上閱讀，若能知行合一，更是一樁美事，讓孩子發自內心的「認同」，自然而然就會落實在生活中。

戴月芳 資深出版人暨兒童作家

因為時代背景的不同，產生不同的決定和影響，我們讓孩子認識時間、環境、角色、個性、條件會影響抉擇，所以就會學到體諒、關懷、忍耐、勇敢、上進、寬容、負責、機智，這些都是不同時代的人物留給我們最好的資產。

施錦雲 新生國小老師、英語教材顧問暨師訓講師

一〇八新課綱上路，新的課綱除了說明十二年國民教育的一貫性之外，更強調「核心素養」。所謂「素養」，……同時涵蓋 competence 及 literacy 的概念，competence 是學科知識、能力與態度的整體表現，literacy 所指的就是閱讀與寫作的能力。

一套優良的讀物能讓讀者透過閱讀吸取經驗並激發想像力，閱讀經典更是奠定文學基礎最好的方式。

謝隆欽 中山附中、Earth WED 地科老師

就一本啟發興趣與想像的兒童小說而言，是頗值得推薦的閱讀素材。……文字淺白，情節緊湊，若是中小學生翻閱，應是易讀易懂，也非常適合親子或班級共讀，讓大小朋友一同與書中的主角，共享那段驚險的旅程。

李貞慧 水瓶面面、後勁國中閱讀推動教師、「英文繪本教學資源中心」負責老師

孩子透過閱讀世界名著，將豐富其人文底蘊與文學素養，誠摯推薦這套用心編撰的好書給大家。

編者的話

在此再問讀者一個問題，為什麼要讀經典、讀名家作品？

目川文化認為閱讀是一種深刻的體驗，不同的時代總是有不同的難題，不同的時空，有不一樣的驚奇。我們雖然無法親身經歷，但我們可以藉著書本，一起穿越到書中的世界，無論是真實發生過的歷史場景，還是奇幻的異想世界，只要你願意靜下心閱讀，那些精采都能到達你的眼中。

而閱讀文學經典，經典蘊含著，一個民族的歷史，乘載著語言文化。

文學經典是指經過時間的考驗，仍然具有重要價值和影響力的文學作品。它們往往具有深刻的思想內涵、精湛的藝術技巧，可以給讀者帶來豐富的精神享受和啟迪。

閱讀文學經典的好處主要有以下幾點：

提升語言能力：文學經典往往使用精煉的語言和生動的形象，可以幫助讀者學習優美的語言表達方式，提高語言的理解力和運用能力。

豐富知識儲備：文學經典往往反映了特定的時代背景和社會現實，可以幫助讀者了解歷史文化，拓寬知識視野。

提升審美能力：文學經典往往具有高超的藝術表現力，可以幫助讀者培養審美情趣，提高藝術鑑賞能力。

陶冶情操：文學經典往往蘊含著豐富的人生哲理和道德情感，可以幫助讀者塑造良好的品格，提升精神境界。

具體來說，閱讀文學經典可以幫助讀者：

獲得人生的智慧：文學經典往往反映了人類的普遍情感和經驗，可以幫助讀者理解人生的真諦，獲得智慧的啟迪。

拓寬視野：文學經典往往描繪了不同的人物、情節和環境，可以幫助讀者了解不同的人生，拓寬視野，豐富人生閱歷。

提升創造力：文學經典往往具有獨特的藝術魅力，可以激發讀者的想像力和創造力。

當然，閱讀文學經典也需要一定的方法和技巧。首先，要選擇適合自己的經典作品，不要一味追求名著。其次，要細讀慢品，才能體會作品的深刻內涵。最後，要多思考多交流，與他人分享自己的閱讀感受。

在當今快節奏的社會生活中，閱讀文學經典可以幫助我們放慢腳步，靜下心來思考人生，提升自我的修養和品格。因此，我們應該養成閱讀經典文學的習慣，讓經典的智慧和美學感染我們，讓我們的人生更加豐富和充實。

這次為您帶來【世紀名家：小鹿斑比】，第一印象是一九四二年迪士尼製作的動畫電影，而在多年之後，經由籌備這本書，才了解到【小鹿斑比】的原作，主題始終貫穿著成長和教育，試著從動物的視角去理解森林，我們並不生活在森林之中，是用人類的規則去看待大自然，大自然的奧秘與規律，我們並不全然理解，【世紀名家：小鹿斑比】帶你以動物的視角去觀察人類，並反省狩獵行為與自我成長。

【新生命】

第一章　小鹿斑比

森林中央，有一處灌木叢圍成的隱蔽空地，小鹿斑比就出生在那兒。

剛來到這個世界，斑比的眼睛還沒完全睜開，他垂著腦袋，渾身顫抖，顯得有些可憐。可是誰也沒想到，他卻用四條細長的腿搖搖晃晃的站了起來。

「哎呀！多漂亮的鹿寶寶呀！」一隻喜鵲首先發現了他。「真令人驚奇，這個孩子竟然一出生就能站立，還能走路，多有趣啊！你們鹿家族真是太了不起了！他這就能跑了嗎？」

虛弱的鹿媽媽聽著喜鵲嘰嘰喳喳的聲音，輕輕回答道：「當然，不過很抱歉，我現在沒什麼時間和你閒聊，我還有很多事情要做。」

可是，喜鵲還是說個不停：「我不會打擾你的，我自己也沒什麼時間。我們剛出生的喜鵲，整天躺在窩裡，只知道吃，照顧他們可辛苦了，需要經過好長的時間，他們的羽毛才會長好……」

「對不起，我現在沒空聽你說。」鹿媽媽再次打斷喜鵲的話。

這下子，喜鵲終於飛走了。

鹿媽媽一心只想著她那新生的寶寶，她輕輕的舔著他，用舌頭溫柔的為他按摩全身，讓他被暖暖的愛撫包圍。小鹿現在還有點迷迷糊糊的，他紅色的外衣儘管還有點兒淩亂，卻點綴著精美的白色斑點。

現在是萬物生長的初夏時節，森林中充滿著各種植物的芳香，迴盪著各種美妙的聲音。畫眉不停的歡唱，斑鳩咕咕叫個不休，烏鶇吹響口哨，野雞咯咯的高聲啼叫，還有烏鴉們拉開粗啞嗓子的大合唱。

可是小傢伙只感受到媽媽溫暖的舌頭舔著自己，只聞到媽媽身上傳來的熟悉氣息。他緊緊依偎過去，在媽媽懷裡急切的尋找養育他生命的乳汁。

在他吮吸的時候，鹿媽媽不停的俯身親吻他。但不時的，她會抬起頭，豎起耳朵細聽動靜。然後又低頭輕吻、喃喃呼喚著：「斑比，我親愛的斑比。」

初夏時分，森林裡高大的樹木靜靜的挺立，茂密的樹冠接受著陽光的照拂，樹葉散發淡淡的清香。低矮的灌木上開滿各種顏色的小花，紅的、黃的，如繁星點點。有些樹叢上已經掛滿果實，像是枝條上一個個結實的小拳頭。土裡也鑽出了很多小花，讓破曉時分的森林中，顯得寧靜又熱烈。

斑比和媽媽走在林間一條狹窄的小路上。第一次走出家門，斑比對一切都充滿好奇，向媽媽提出很多問題。對於這些問題，媽媽有時會把答案告訴斑比，但有時候，她寧願斑比自己找出答案。因為她知道，斑比需要學著自己解決心中的疑問，他才能學得更多、成長得更快。

現在，斑比又有問題了：「媽媽，這條小路是誰的？」

「是我們的。」鹿媽媽回答。

「是我們兩個的嗎？」斑比又一次問道。

「不，是我們鹿的。」

「『鹿』是什麼呢？」斑比接著問了一個有趣的問題。

媽媽看著斑比說：「你是鹿，我也是鹿，我們都是『鹿』。明白了嗎？」

斑比又蹦又跳，開心的說：「我明白了。媽媽是大鹿，我是小鹿。對嗎？」

斑比認真思考了起來，他問媽媽：「除了媽媽和我，還有別的鹿嗎？」

「當然，」媽媽說：「很多呢。」

看著腳下的小路，斑比又問道：「那麼這些路是誰開的？」

「我們。」鹿媽媽回答。

「媽媽和我嗎？」斑比的問題又冒了出來。

「不是，是大家。」鹿媽媽回答。

突然，前方傳來一陣沙沙的聲響，灌木叢裡傳來絕望的慘叫。一隻雪貂竄

了出來，嘴裡叼著一隻老鼠，正準備躲到一個安靜的地方享用大餐。

「那是什麼？」斑比驚恐不安的問媽媽。

媽媽安慰斑比，輕聲說道：「別害怕，只是一隻雪貂殺死了一隻老鼠。」

斑比覺得自己的心突然顫抖了一下。許久之後，才又說得出話來。

「為什麼雪貂要殺死老鼠？」他繼續追問。

「因為……」這一次，鹿媽媽沒有回答斑比的問題，只是催促他往前走。

他們就這樣誰也不說話，安安靜靜的走了一段路。終於，斑比再也忍不住了，他忐忑不安的問道：「有一天，我們也會殺死老鼠嗎？」

「不。我們絕對不會殺死任何一隻動物。」鹿媽媽溫柔而堅定的回覆道。

這下子，斑比才又開心了起來，他覺得渾身輕鬆極了。

第二章　認識草原

走到小路盡頭，眼前突然明亮了起來。斑比看到前面一片開闊，蹦蹦跳跳就想衝出去，卻發現媽媽停下了腳步。

「媽媽，怎麼了？」

「前面是草原。」媽媽回答。

「什麼是『草原』？」斑比急切的想知道。

「待會兒你自己去仔細看看吧！」媽媽變得十分嚴肅。她一動也不動的站著，豎起耳朵聆聽，深呼吸著辨別空氣中的氣息，神情非常謹慎。

似乎確認沒有危險，她終於開口：「可以出去看看了。」斑比早已等得不耐煩，剛想跟著衝出去，媽媽又及時擋在他前面。

「孩子，現在你還不能出去。」她有點激動的告誡斑比：「等會兒我先出去，你要是看見我往回跑，就趕緊轉身，迅速離開，跑越快越好，我會追上你的。不管發生什麼事，即使我跌倒了，你都不能停下來，只管跑就對了。」

第二章　認識草原

「好的。」斑比輕輕的說。

「要是我叫你出來，」媽媽繼續說：「你就得趕緊跟上我。聽懂了嗎？」

斑比認真的點了點頭：「知道了，媽媽。」

然後，鹿媽媽慢慢的走出森林。斑比盯著她的身影，內心充滿了期待、害怕和好奇。他看見媽媽仔細聆聽四周動靜，終於確認一切順利，她高興的轉過身來叫道：「斑比，我的寶貝，快出來看看。」

聽到母親的呼喚，斑比覺得快樂無比，恐懼在剎那間被忘得一乾二淨。斑比沉浸在一望無際的草原和湛藍的天空下，熾熱的陽光令他闔上雙眼，卻敞開了他的心胸。他在草原上雀躍的又蹦又跳：一下、兩下、三下……

鹿媽媽欣慰的站在一旁，看著斑比樂得在原地蹦蹦跳。她清楚，新生的小鹿還不知道何謂自由奔跑，於是她縱身一躍，開始繞著草原飛奔，用最簡單的方法來教會她的孩子。斑比嚇了一大跳，難道這是讓他跑回森林的信號嗎？

他正要遵照媽媽的囑咐轉身逃跑，這時，媽媽卻飛馳到他面前，邊笑邊喊著：「斑比，快跟上我！」

於是，小鹿斑比趕緊邁開步子跑了起來，輕盈的撒開四蹄，縱情飛奔了一圈又一圈，感覺自己就像在飛翔。他看見媽媽溫柔的目光，始終望著他。

最後他停了下來，踩著優雅的步子，欣然跑向媽媽。在開滿了白色花朵的草原上，和媽媽肩並肩悠閒的散著步。

「媽媽，你看，有一朵花飛起來了！」斑比突然驚呼一聲。

鹿媽媽只是微微一笑：「那是蝴蝶，我的孩子。」

斑比被蝴蝶給迷住了，他盯著在花草間穿梭的蝴蝶飛近又飛遠，不一會兒，他又驚訝的叫了起來：「媽媽，為什麼小草會跳動？」

鹿媽媽回答道：「不，那是蚱蜢。我們的腳步嚇到他了，他害怕……」

這個時候，蚱蜢已經坐在一朵白色小花的中間。斑比輕輕的湊上前去，彬彬有禮的說：「蚱蜢先生，請不要害怕，我們不會傷害您的。」

「不，我沒有害怕，只是被嚇了一跳。你們打擾到我和我太太的談話了。」蚱蜢挺著綠色的肚子說。

「真是抱歉，我們打擾到您了。」斑比再次低下頭，向蚱蜢表示歉意。

「沒關係。我們對不認識的人，總是十分小心。」蚱蜢看上去友善多了。說完，他就再一次跳開了。

這是斑比第一次和陌生人談話，他特別的激動，也感覺到有些累了，於是他靠在媽媽的懷裡休息，昏昏欲睡。

清醒過來時，他發現近在眼前的一朵鮮花在搖曳——哦，不是花，原來是隻蝴蝶。斑比輕手輕腳的湊上前去，蝴蝶發現了他，便輕輕的拍動翅膀。

「請等一等，請讓我仔細的看看你！」斑比朝她喊道。

蝴蝶覺得很奇怪：「為什麼我要停下來？我可是一隻蝴蝶呀！」

「求求你，我想近一點看看你。」斑比再次懇求。

於是，好心的蝴蝶便留了下來。斑比看著蝴蝶，發自內心的讚美：「你真是太漂亮了！就像一朵花一樣。」

「我比花還要美麗。」蝴蝶說著，一邊張開潔白又華麗的翅膀，優雅的、嫵媚的在空中轉起了圈。

「我明白了，你比花朵更漂亮。你會自由飛舞，花朵做不到！」

「謝謝。」蝴蝶語畢，展翅飛向蔚藍的天空。

第三章 結識夥伴

現在是正午時分，在森林中那座由荊棘和樹枝圍繞起來的家中，斑比和他的媽媽正躺在一起。

中午的森林安靜極了。斑比卻一點也睡不著。於是，他央求鹿媽媽：「媽媽，這裡又小、又熱，我們可以去草原上透透氣嗎？」

鹿媽媽抬起頭，對斑比說：「現在還不行，我們只有在清晨、傍晚和晚上才能去草原上。」

斑比很驚訝：「為什麼？難道我們永遠不能在白天進入草原嗎？」

鹿媽媽歎了一口氣說道：「不，白天進入草原也不是不可以，可是那得冒很大的風險。很多在白天進入草原的鹿最後都沒有回來……白天的時候，森林裡的家才是最安全的。」

「為什麼？」斑比有點被搞糊塗了。

鹿媽媽耐心的為他解釋：「那是因為如果有人來的話，森林會向我們發出警報聲。

樹枝會沙沙作響，地上的小樹枝會被踩得喀嚓喀嚓響，而去年的樹葉也會發出窸窣的聲音，鰹鳥和喜鵲也會提醒我們。這些聲音都能給我們預警。」

斑比仔細的聽著，然後他問道：「什麼是去年的樹葉？」

「斑比你要知道，樹葉不會永遠都這樣綠油油的掛在枝頭上。」鹿媽媽說：「每到秋天的時候，很多樹葉都會變成黃色、紅色，它們會從枝頭上掉落下來，然後落進大地的懷抱。只要有一隻腳踩在這些落下的葉子上，葉子就會發出一些響聲。它們就是這樣向我們發出警告的聲音。」

一天黃昏，斑比和鹿媽媽又來到草原上，他們玩起了老鷹捉小雞的遊戲。突然，鹿媽媽停了下來，斑比走近她身邊，想看看發生了什麼事。從鹿媽媽身旁的草叢裡，露出了

兩個灰褐色的大耳朵。斑比停住了腳步，可是鹿媽媽卻熱情的呼喚他：「快來，孩子。快來見見我們的老朋友，善良的野兔先生。」

等斑比一走近，便看見了那隻野兔。野兔的大耳朵有時豎起來、有時又垂下去，他的嘴邊長著幾撮鬍鬚。野兔看上去是那麼的老實，他的眼神膽怯而善良，斑比對野兔不再感到害怕，他走到了野兔身邊。

「你好，親愛的小鹿斑比。」野兔彬彬有禮的和他打招呼。

斑比點了點頭，對著野兔微笑。

「多麼可愛的孩子呀！恭喜你，鹿媽媽。」野兔對鹿媽媽說。

在他說話的時候，斑比一直看著野兔，他那不停顫抖著的鬍鬚和發抖的嘴脣，讓斑比忍不住笑起來。

野兔也笑了，他紅著臉說：「今晚遇見你們真好，不過我得走了，我還有好多事情要做。」說完，野兔就跳走了。

望著他離去的背影，鹿媽媽歎了一口氣：「善良的野兔先生，他的日子過得可不容易啊！」

草原上再次恢復了平靜，斑比隨意的走著。

突然，草叢裡傳來輕快的腳步聲，兩個小小的身影正快樂的奔跑著。

「媽媽，那是什麼？」斑比驚慌的叫起來。

鹿媽媽四處看了一下，然後露出微笑：「別害怕，孩子，那是我的表姐艾娜的孩子，喔！她今年有了兩個可愛的孩子。我們去和他們打個招呼吧！也許你們會成為好朋友。」說完，鹿媽媽就帶著斑比走上前去。

這時，另一隻母鹿也帶著孩子朝他們走來。

「看看，多漂亮的一隻小鹿。」艾娜姨媽熱情的招呼著斑比：「快來認識一下你的小夥伴，這是戈波、那是法琳。」

一開始，幾隻小鹿因為害羞而都沒有看對方。突然，法琳跳起來，跑開了。斑比和戈波立刻追了上去，他們就這樣玩在一起，馬上成了好朋友。他們奔跑了一段時間，然後一邊散步一邊聊起來。

「我和蝴蝶說過話。」斑比說。

「那你和金龜子聊過嗎？我常和他們聊天。」法琳顯得很自豪。

「我的鼻子被刺蝟扎傷了。」戈波看上去可憐兮兮的。

「哦，什麼是刺蝟？」斑比很想知道。

「你最好別去惹他，那傢伙渾身長著刺，一見到陌生人就會變成可怕的刺球。」法琳叫起來。

「不，刺蝟從來不想傷害任何人，他只是不願意和別的動物打交道而已，他害怕……」戈波趕忙替刺蝟說話。

這時，斑比突然想到一個問題，於是他壓低聲音問兩個小夥伴：「你們知道什麼是『危險』嗎？」

三個小傢伙立刻安靜下來，他們湊在一起，低下頭安靜了很久。

戈波喃喃的說：「危險，危險是一個非常可怕的東西！」

「我知道很可怕，可是『危險』到底是什麼呢？」斑比繼續追問。

這一下，小傢伙們陷入了沉思，他們甚至害怕得渾身發抖起來。

突然，法琳打破了沉默，大聲的說：「我知道，『危險』就是我們大家都想從它前面逃開的東西。」

然後，法琳再次跳起來走開了，她再也不願意想著這個可怕的東西。斑比和戈波也隨著她跑起來，他們一下子就把剛才的恐懼忘得一乾二淨了。

等到兩位鹿媽媽呼喚他們離開的時候，三隻小鹿都有些依依不捨。可是快樂的時光總是過得那麼快，他們現在必須各自回到森林裡的家去了。

就在這時，森林裡傳來樹枝折斷的窸窣聲和走路的沙沙聲。不一會兒，從森林中走出了一個大傢伙。斑比發現這個大傢伙和自己的媽媽長得很像，唯一不同的是，他長著一對白色的角，像樹枝一樣立在他的頭上。

樹枝發出一陣窸窣聲，另一頭體型稍小的傢伙也走了出來。

「那是什麼？」斑比驚恐的問鹿媽媽。

「別怕！孩子，那是鹿群中的王子，是你們的爸爸。」鹿媽媽說。

接著，那兩頭驕傲的公鹿就這樣從他們的眼前慢悠悠的走了過去，不久便消失在樹林之中。

斑比和媽媽告別了姨媽一家，也走進森林裡。一路上，斑比什麼也不說，他好像在想著事情。斑比終於忍不住了，他真想知道爸爸們的一切事情：「鹿王子們為什麼不和我們說話，為什麼不和我們生活在一起呢？」

鹿媽媽微笑起來：「孩子，等你長大一些，他們會和你說話的。鹿王子們並不和我們住在一起，他們只會偶爾來看看我們。等你再長大一些，你也會成為一個真正的鹿王子，那時候，你的頭上也會長出角，那將是你的王冠。」

【危機將至】

第四章「他」

時光慢慢流逝，斑比對森林也越來越熟悉，他的耳朵和鼻子已經能夠分辨各種聲音和氣味了。現在斑比喜歡在夜晚的森林裡散步。黑暗的森林中，動物們都忙著出來活動。斑比最喜歡貓頭鷹了，他很羨慕貓頭鷹那銳利而威嚴的目光。每當貓頭鷹和他的母親輕聲交談的時候，斑比總愛在一邊豎起耳朵聽著。貓頭鷹說的話總是十分動聽，而且充滿智慧，這也讓斑比十分羨慕。

另外還有一種灰色的小貓頭鷹，他們總愛突然發出「唔——唧唧！唔——唧唧！」的尖叫聲。斑比發現，要是大家被這種又尖又細的聲音嚇到，這些小傢伙們就顯得特別高興。他們會大笑著招呼那些受驚的動物，淘氣的說：「喔！喔！多可怕的聲音。」也許是笑得太厲害了，小貓頭鷹的羽毛鼓得圓圓的，看上去就像一個毛茸茸的灰色小球。

在這段時間裡，森林迎來了幾場雷雨。當風雨開始襲擊森林，雷電在天空閃爍的時候，斑比嚇得直發抖，和媽媽在樹林裡不安的走來走去。

動物們都躲進了樹冠、樹洞這些地方。可是雨下得太大了，雨水甚至把最茂密的灌木叢也澆得溼答答的。

沒多久，雷聲遠去，閃電也不再撕裂黑沉沉的天空。雨柔和的又下了一會兒，不久便停了。

鹿媽媽帶著斑比進入草原，這一次他們比以往還要早。太陽還高高的掛在天上，空氣中瀰漫著泥土和青草的芬芳，森林中響起各種動物的叫聲，大家都重新走了出來，興奮的談論著剛剛過去的那場暴風雨。

斑比和媽媽路過那棵站立在草原和森林之間的大橡樹，每一次他們去草原，都一定會和這棵橡樹打個招呼。

這一次，他們還看見住在這棵橡樹上的一隻紅松鼠。還記得斑比第一次看見她的時候，竟然以為她是一隻特別小的鹿呢！現在，斑比已經和她成為了好朋友。

斑比非常喜歡這隻紅松鼠，他喜

歡一邊聊天，一邊看著紅松鼠在樹上東奔西跑、上躥下跳，有時候，紅松鼠安靜的趴在一根樹枝上，翹起她蓬鬆的尾巴，露出她白色的胸脯，並把靈活的爪子放在前面。紅松鼠總能講一些有趣的事情給斑比聽，而且一邊講、還一邊俏皮的眨著眼睛。

這時，紅松鼠正站在枝頭上，她興奮的向斑比打招呼：「你好，你好，雷雨過去了，一切都會安好的！」

紅松鼠從樹幹上跑了下來，她關心的看著鹿媽媽和斑比：「喔！太好了，你們平安無事。」說完，她又一溜煙的跑回樹枝上。

鹿媽媽帶著斑比走進了草原，現在那裡可真是熱鬧非凡。野兔先生帶著他的家人在草地上舒服的曬著太陽，他那警覺的耳朵，仍然不停的豎起來，仔細搜索著從遠處傳來的聲音。

艾娜姨媽帶著自己的孩子也來到了草原上，他們正和一群朋友站在一起。

看見朋友們，斑比馬上和他們走在一起，現在陽光明媚，他們很快就玩起了遊戲。

法琳是小鹿中最活潑的那一個，每一次都跑在最前面，戈波卻顯得有些疲倦，看來，暴

風雨把他給嚇壞了。

日子一天又一天的過去了。不久，斑比就發現，草原上的嫩草是那麼的可口。可是現在，每當斑比靠近鹿媽媽，想在她的懷裡撒撒嬌的時候，媽媽卻總是把他推開。

「斑比，你已經長大了。」鹿媽媽總是這樣對他說。

有一天，斑比發現媽媽不見了。

這是他第一次自己待在森林裡。他呼喚著媽媽，可是靜悄悄的森林裡，沒有任何聲音。他側耳傾聽著森林裡的聲音，仔細的嗅著周圍的氣味，但是仍然沒能發現媽媽的蹤跡。

等了很久之後，斑比決定出去尋找媽媽。

他邊走邊呼喚著：「媽媽！媽媽！你在哪裡啊？」

斑比走啊、走啊，不知道走了多久，不知不覺的竟然在森林裡迷路了。

這時，他聽到了遠處傳來兩頭小鹿的呼喚：「媽媽！媽媽！我們好想你。」

那是戈波和法琳的聲音。於是，斑比朝他們的位置跑了過去。

戈波和法琳正在灌木叢中，焦急的呼喚著自己的媽媽，聽到樹叢裡傳來腳步聲，以為是自己的媽媽回來了。

可是，不久他們就看到灌木叢中露出了斑比的小腦袋。

雖然沒有見到媽媽，但是斑比的出現還是讓他們十分快樂。

「我的媽媽不見了。」斑比告訴他們。

「我們的媽媽也不見了。」戈波顯得十分害怕。

他們低下頭，想著自己的媽媽會去哪裡？突然，法琳有了答案：「他們一定是和那些鹿王子們在一起，和我們的爸爸在一起。」

斑比和戈波吃驚的望著法琳。他們決定一起走出灌木叢，尋找媽媽。

「媽媽！媽媽！」他們一起呼喚著。

可是，走沒多久，法琳和戈波就決定要回去了。「我們得待在媽媽能夠找到我們的地方，這樣她一回來，就能看見我們。」

斑比獨自在森林裡繼續走著。

就在斑比覺得孤單和害怕的時候，他看見空地上的榛子樹旁站著一個奇怪的動物。他長得又高、又瘦，有著一張灰白的臉，眼睛和鼻子周圍沒有毛。斑比聞到一股從來沒有聞過的刺鼻味。

這個動物讓斑比感到無比的恐懼，斑比呆呆的站在原地，嚇得一步也不敢挪移。就在這時，這個動物的一隻腳伸展開來，這隻腳和他的臉靠得那麼近。斑比原本以為這個動物沒有腿，可是斑比現在終於發現，這個動物只用兩條腿站立著！

斑比轉身狂奔起來，他好像一片紅色的樹葉，一下子飛向森林的深處。

就在這時，斑比看見了鹿媽媽，她跑到斑比的身邊，領著他跑回那條熟悉的小徑。回到家的時候，斑比和鹿媽媽都已氣喘吁吁。

「孩子，你看見了嗎？」鹿媽媽低聲問道。

斑比趕緊點點頭，現在他的腦海裡，還留著那個動物的樣子。

「那就是『他』！」鹿媽媽告訴斑比，他們的身體都有些微微發抖。

第五章　可怕的巨響

自從鹿媽媽第一次獨自離開斑比以後，就經常把他一個人留在家裡。斑比越來越覺得孤單。

有一次，他獨自在森林裡走了很久，覺得自己似乎已經完全被媽媽拋棄了。於是，他忍不住大聲呼喚起來：「媽媽！媽媽！你在哪裡？」

突然間，一隻老公鹿走到了斑比的身邊。他非常高大，穿著華麗的深紅色外衣，而他的臉卻是銀色的。他頭上的鹿角又高、又大，上面布滿了黑色的斑點，真像一頂棕色的王冠。

「你在呼喊什麼？都這麼大了，難道還要媽媽每天守著你嗎？現在，你得學著自己獨立生活，別再叫喚了。」老公鹿嚴肅的說著。

斑比被老公鹿的話嚇了一跳，他的臉馬上紅了起來，心裡感到十分羞愧。

就在斑比羞愧的低下頭的時候，老公鹿離開了。

斑比看著老公鹿漸漸遠去，他豎起耳朵仔細聽著老公鹿的腳步聲慢慢變輕，他努力嗅著空氣中老公鹿的氣味。現在，斑比又孤身隻影的待在森林裡，他不再大聲呼喚媽媽，而是在心裡一直想著老公鹿的模樣。他真想再次見到這隻威武的老公鹿。

當斑比再次與他的小夥伴們一起玩耍的時候，他把自己遇見老公鹿的事情告訴了戈波和法琳。

第二天，法琳就走到斑比面前，一本正經的說道：「我知道那隻老公鹿是誰了，他是這裡的鹿王。」

「你是怎麼知道的？」斑比吃驚極了。

「媽媽告訴我的。」法琳顯得很驕傲。

聽到法琳的話，斑比有些生氣，因為她把他們之間的祕密告訴了姨媽。可是，一想到自己終於知道了老公鹿的身分，斑比又覺得十分開心。

法琳接著說：「老鹿王是鹿群中

的領袖，沒有第二隻鹿能夠與他相比。老鹿王十分神祕，大家都不知道他的年紀，也不知道他住在哪裡。他也不和別的鹿交談，其他的鹿也都不敢和他說話，更沒有一隻公鹿敢和老鹿王比試一番。」

斑比高興了起來，因為老鹿王和他說了話，雖然他是在責備自己，但是斑比仍然覺得自己十分幸運。

那天夜裡，斑比的媽媽踏著月光回到大橡樹下。斑比一看見親愛的媽媽，就趕緊迎了上去。他們在草叢裡吃得飽飽的，然後慢慢的走回自己的家。突然，草叢裡傳來沙沙的腳步聲。鹿媽媽開始變得緊張，她大喊著，要斑比和她一起跑起來。

灌木叢中，走出一群高大的鹿，他們的脖子上都長著一叢雜草般的鬃毛，頭上的鹿角像一對粗大的樹枝。這群鹿慢慢的從斑比身邊走過去，他們沒有看斑比一眼，斑比也不敢抬頭看他們。

等鹿群消失在樹林裡，斑比才輕聲問鹿媽媽：「媽媽，他們是誰啊？」

「他們是我們的長輩，他們的力氣比我們大，而且比我們高貴……」鹿媽媽慢慢的說著，好像還沒有平靜下來。

斑比現在對這些長輩感到非常好奇，他多麼希望自己能夠更瞭解這些威武、高貴的長輩。

第二天早上，草原上發生了一件十分悲慘的事。

那天早晨，森林中的空氣特別清新，鳥兒們嘰嘰喳喳的叫聲把樹林裡的小動物們都叫醒了。斑比走到草原，一隻鹿王子就站在斑比的旁邊。

斑比在心裡嘀咕著：「我可以和他說話嗎？要不要問問媽媽？如果我禮貌的說：『你好，鹿王子！』那他應該不會生氣吧？」

可是就在這時，空中突然傳來「砰！」的一聲巨響。這麼響的聲音一下子就把斑比給嚇呆了，接著，他看見那隻鹿王子跳了起來，跑進樹林裡。

斑比四處看了看，發現媽媽、姨媽和他的小夥伴們都快速跑回了森林裡。於是，他也趕緊跑了起來。

可是沒跑幾步，斑比就停下了腳步，他發現那隻鹿王子竟然一動也不動的躺在草地上，身上還流著鮮紅的血。

「快跑！」鹿媽媽著急的對斑比喊起來。

於是，斑比又邁開了步子。斑比和鹿媽媽跑了很久、很久，直到他們都沒了力氣才停下腳步。

「媽媽，發生了什麼事情？」斑比問道。

「是『他』！」鹿媽媽回答。

這時，他們頭頂的樹枝間傳來一絲響動，一個細細的聲音叫著：「你們在說什麼？告訴我吧！我可是一直跟著你們呢！」

斑比抬頭看去，原來說話的是一隻小松鼠。

「喔！發生了一件可怕的事，你看見『他』了嗎？你看見那隻可憐的鹿王子了嗎？」鹿媽媽問小松鼠。

「是的，我看到『他』了。」小松鼠回答。

沒想到，周圍的小動物們都冒出頭來。

「我也看見了。」一隻喜鵲說。

「真可怕呢！」一隻松鴉也飛了過來。

「我們都看見『他』走進了森林，而且我們馬上大叫起來，可是那個鹿王子，他就是不聽我們的話。」一群烏鴉呱呱叫著。

「可憐的鹿王子，他是多麼的年輕力壯啊！」小松鼠的眼睛裡都是淚水。

「可是他太驕傲了，他不願意聽我們的警告。」松鴉說出了自己的想法。

「不，他才沒那麼驕傲。」小松鼠覺得松鴉說得不對。

「是啊！他只是喜歡自己獨處。」烏鴉說著。

「哼！你們都太笨了！」松鴉有些生氣，他張開翅膀，氣呼呼的飛走了。

烏鴉繼續說：「『他』可壞了，想殺誰就殺誰，我們最好遠遠的躲開『他』，不然就要換我們遭殃了。」說完，烏鴉們就飛走了。

斑比一直聽著動物們說的話，現在，媽媽已經不在他的身邊了。

斑比想著：「他們在說的那個『他』，就是我見過的那個三隻手的動物嗎？可是，那一次他並沒有傷害我。」

斑比想起了鹿王子渾身是血的躺在草地上的樣子，他的心裡感到一陣難過。

現在，斑比繼續在森林裡散著步。危險已經過去，森林裡的動物們又開始嘰嘰喳喳的活動起來，明媚的陽光彷彿一下子照亮了所有黑暗的角落。斑比看著動物們跑來跑去的身影，卻高興不起來，他覺得說不定哪一天，自己也會像那隻可憐的鹿王子一樣失去生命。他多麼想躲進森林裡最安全的地方，找一個溫暖的小窩，然後再也不要出來。雖然，在草原上奔跑的時候是那麼的開心，可是現在斑比只想把自己完全的藏起來。

就在這個時候，灌木叢發出沙沙的響聲，斑比嚇得往後退了一大步。

老鹿王從灌木叢中走了出來。

「你剛才待在草原上嗎？」老鹿王問斑比。

「是的。」斑比用最小的聲音回答，這是他第一次和這位高貴的老鹿王說話，斑比非常緊張。

「你的媽媽去哪裡了呢？」老鹿王又問斑比。

「我也不知道。」這一次，斑比的聲音大了一些。

「那你為什麼不去找她呢？」老鹿王的聲音依然威嚴，但是他的眼中已經有了一絲笑意。

「我現在可以一個人生活了。您上次責備過我，從那個時候開始，我就學著獨自生活了。」斑比鼓足了勇氣，把自己的努力告訴老鹿王。

老鹿王銀色的臉上動了一下，斑比幾乎不能相信自己的眼睛，老鹿王竟然對著他微笑。於是，他壯著膽子把自己的問題告訴了老鹿王，就像他以前問媽媽的時候一樣。

「您能告訴我『他』是誰嗎？」

老鹿王慢慢的抬起頭，他並沒有很快回答斑比的問題，而是靜靜的望著遠方。過了一會兒，他才說道：「這個問題你得自己去尋找答案，你要去聽、去看、去想。再見了，保重。」

老鹿王說完就消失在灌木叢裡了。

斑比仍然一動也不動的站著，老鹿王的話在他的腦海裡迴響著。對，要自己去聽、去看、去想，這樣才能生活下去。斑比受到老鹿王的鼓勵，一下子振奮起來，他快樂的跑向森林深處。

第六章　漫漫寒冬

秋風颯颯的掃過森林的時候，樹葉開始大把大把的掉落下來。一根細小的樹枝上，只剩下兩片緊緊依靠在一起的葉子。

「時間過得真快，現在每天都有好多夥伴離開了樹枝。」一片葉子說。

「是啊！現在的陽光已經不再那麼溫暖了，我每一天都感到寒冷。」另一片葉子一邊說著，一邊發著抖。

「你怎麼了？別害怕！讓我們想想以前那些美好的時光吧！你還記得春天那陣暖洋洋的風，那麼溫柔的撫摸著我們；還有每天清晨那些可愛的露珠，總是在我們的身上滾來滾去；還有那隻可愛的蝴蝶，就那樣安靜的停在我身上，真漂亮啊！」第一片葉子就這樣回憶著，他的臉上泛起了紅彤彤的顏色。

「喔！現在的夜晚真可怕。北風一直在我的耳邊吼叫著。」第二片葉子的臉色變得越來越蒼白。

「可是我們已經很幸運了，要知道，有些葉子根本撐不到現在呢！」第一片葉子說著。

「那麼……我現在是不是變得很醜了？」第二片葉子害羞的低下頭。

「不，不，你還是那麼的可愛，雖然現在你的臉上有了一些黃色的小斑點，但是，這反而讓你變得更俏皮了。」第一片葉子安慰她。

第二片葉子深受感動，她微笑著說：「謝謝你，雖然我很難相信你所說的話，但是我仍然十分感謝你。」

「別這麼說。」第一片葉子難過極了，他再也說不下去了。

一陣寒風吹過小樹枝。

「現在……我……」第二片葉子還想說些什麼，可是她已隨風飄落下去。

冬天就這樣來到了森林裡。

斑比覺得眼前的一切都不一樣了。他發現樹葉開始一片一片的掉落

下來，很多樹梢變得光禿禿的，上面一片葉子也沒有。每個安靜的晚上，斑比總能聽見葉子們輕輕的說著話，他們在互相告別嗎？

「沙沙沙，沙沙沙」葉子像下雨一般飄落下來，厚厚的鋪了一地。

現在，任何動物都沒辦法在樹林裡悄悄走路了，因為他們每走一步，都會發出「窸窸，窸窸」的聲音，那是落在地上的葉子在和他們說話吧？

不久，秋雨落在森林裡和草原上，一天又一天，大雨下個不停。

斑比被大雨淋得渾身濕透，水還流進他的眼睛和鼻子裡，讓他十分難受。而且，濕漉漉的青草讓斑比一點胃口也沒有。森林裡厚厚的落葉已經被雨水澆透了，發不出任何聲音。

斑比覺得自己的骨頭都要被雨水浸濕了，他多麼渴望乾爽溫暖的日子啊！

可是，雨停了之後，接著就刮起了寒冷的北風。

斑比緊緊依偎在鹿媽媽的身邊，可是仍然

冷得發抖。

每當北風呼嘯著穿過森林的時候，樹木們都尖叫起來。有些樹「嗚嗚」的低聲哭泣著，有些樹「嘩啦嘩啦」的與北風搏鬥，還有一些樹受不了北風的折磨，竟然「喀嚓」一聲被連根拔起。

斑比知道，現在已經到了一年中最難熬的季節。樹木伸著光禿禿的枝條，草地變成一片枯黃，冷風甚至呼呼的鑽進了斑比的家。

有一天，草原上飛來了一隻小喜鵲。一片片白色的冰冷東西飛進小喜鵲的眼睛。接著，這些輕飄飄的小東西就漫天飛舞起來。

「啊！下雪了，那是雪！」一隻停在樹枝上的烏鴉說道。

「雪？」小喜鵲問。

「對啊！只有冬天才會下雪呢！」烏鴉告訴小喜鵲。

「這是我經歷的第一個冬天，那我就留下來好好看看雪吧！」於是，小喜鵲停在了枝頭上。

斑比也是第一次看見雪，他感到非常驚奇。

白色的雪花一下子就把草原、樹枝、灌木叢都變成了白色。剛開始，斑比還滿懷欣喜的到處左看看、右瞧瞧。每當雪花悠悠的飄落下來時，空氣是那麼的平靜、溫和，整個世界看起來完全不同了。

可是不久，斑比就開始討厭這些雪花了。因為下雪之後，斑比每次吃草都得先刨開上面厚厚的積雪，這樣一來，他幼嫩的腳上就被劃開了一道道傷口。每次走路，傷口都非常痛，所以，斑比現在走路時，也變得一瘸一拐了。

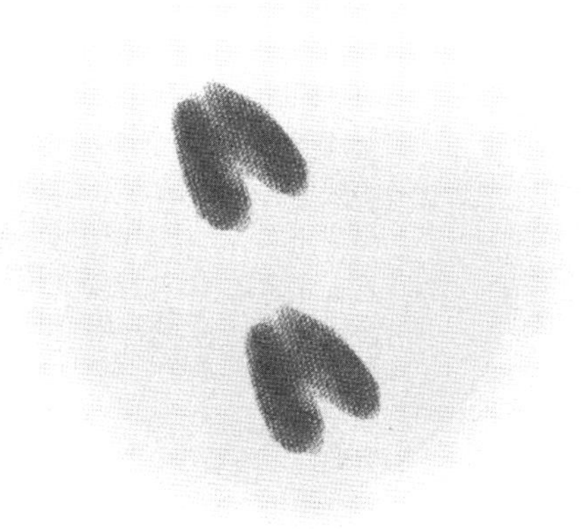

他的朋友戈波也和斑比一樣，這幾天，他們幾乎天天待在一起。艾娜姨媽經常帶著她的孩子和斑比作伴，她還帶來了一隻已經長大的鹿公主——瑪麗。還有一位有趣的老母鹿，她總是給小傢伙們講故事，大家都叫她老奶奶。

有時候，鹿王子們也和他們待在一起，現在，孩子們不再害怕鹿王子了。斑比很佩服一隻名叫郎諾的鹿王子，也很喜歡年輕的鹿王子卡洛斯。

每次說起「他」，郎諾王子就十分興奮。他常指著自己左前腿上一個白色的傷疤問別的鹿：「看得出來嗎？我可是個跛腳。」而當大家搖著頭，表示完全看不出來的時候，郎諾王子就十分開心。

接著，郎諾王子就會告訴大家他碰到的意外：

那一天，「他」向郎諾扔來了一團火，一下子，他的腿就斷了。可是，勇敢的郎諾忍著疼痛，用三條腿逃走了。他一直跑、一直跑，直到天黑的時候才停下來，就這樣撿回了一條命。而且，一段時間之後，他的腿也康復了，現在雖然前腿還是有一些跛，但是就像大家說的那樣：完全看不出來。

在斑比的心中，郎諾王子就是鹿群中的英雄。

這些日子，大家總是聚在一起聊天。斑比安靜的聽著大家的談話，學到了更多東西。鹿群總愛說到「他」，他們似乎已經對這種動物有了一些瞭解。每一次，大家都要說一說「他」的第三隻手。

郎諾說：「『他』有第三隻手，而且這隻手非常厲害。」

「我才不相信呢！」老奶奶氣呼呼的說道，她非常討厭「他」。

「那不然我的前腿是怎麼斷掉的呢？『他』的第三隻手真的

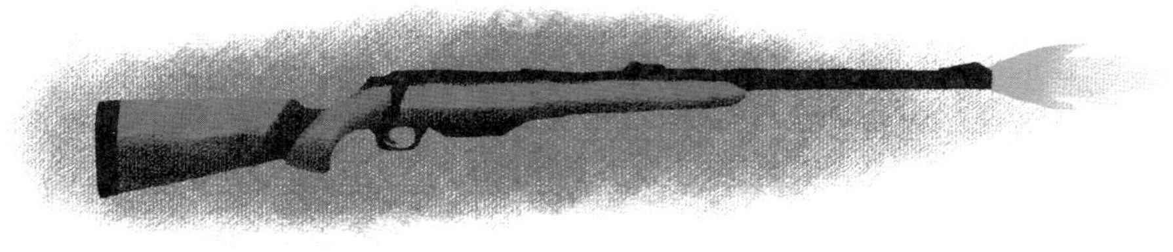

是很厲害！」郎諾堅持的說。

這時艾娜姨媽也插了一句話：「我見過『他』好幾次了，那第三隻手的事情是真的。」

年輕的卡洛斯王子也說道：「我有一位聰明的烏鴉朋友，他親眼見過那第三隻手。他還告訴我，那第三隻手有時候會從『他』的身體上掉下來，這個時候是安全的。等到『他』舉起第三隻手的時候，我們就要趕緊跑得遠遠的。」

「『他』永遠是危險的。」老奶奶說。

這時候，有一些鹿點了點頭，也有一些鹿搖了搖頭。

斑比的媽媽站了出來，她說：「不，也有一些『他』是安全的。」

「怎麼？難不成你想跑上去迎接『他』嗎？」老奶奶顯得十分不高興。

「不，每次只要一看見『他』，我就會拔腿快跑，趕緊逃走。」斑比的媽媽溫柔的說。

「能跑多遠，就跑多遠。」艾娜姨媽接著說。

想到「他」的危險，大家都緊張起來。

「那你說說看，為什麼每次第三隻手都能發出那麼大的響聲？」有一隻鹿問。

斑比的媽媽馬上回答他的疑問：「我的祖母告訴我，那是因為每一次，『他』都把自己的手扔出來，那隻手非常厲害，既會打雷，又會放火。」

「不，」郎諾立刻又插嘴說道：「『他』扔出來的不是手，而是牙齒。你們想，只有牙齒才能咬斷我們的腿啊！」

這時，那隻漂亮的母鹿瑪麗突然開口說道：「要是『他』能夠不殺我們，大家可以一起生活在草原上，那該多好啊！這樣我們就能和平共處了！」

「我才不要什麼和平相處呢！『他』會殺死我們的親人，你別再說這種蠢話了。」老奶奶氣憤的說。

瑪麗倍感委屈的喃喃道：「大家都應該和平相處，我說的是實話。」

「我要去吃草了。」老奶奶不願意再談下去，轉身離開了。

第七章　巨響之後

冬天十分漫長，天氣雖然有時會暖和一點，但是厚厚的積雪讓動物們很難找到吃的東西。於是，森林不斷發生許多可怕的事。

有一次，貪吃的烏鴉偷走野兔先生生病的兒子，他們殘忍的殺死了這個可憐的孩子。傷心的野兔先生一直哭泣，大家都聽到了他低聲呼喚兒子的叫聲。

還有一次，雪貂竟然打起松鼠的主意。他狠狠的抓傷了松鼠的脖子。雖然，松鼠流著血逃開了雪貂的爪子，卻沒能再活多久，她「撲通」一聲掉下了樹，成為兩隻喜鵲的大餐。

狡猾的狐狸就更不用說了。他四處尋找食物，不久就發現藏在雪堆裡的野雞。野雞正睡得迷迷糊糊，突然被狐狸硬拖了出來，一下子便失去了性命。

森林裡亂成一團，動物們不再和平共處。為了尋找食物，他們開始相互欺騙，互相殘殺。

鹿群又重新聚在了一起。鹿媽媽讓斑比靠在自己的身旁，她歎了一口氣說：「真是想不到啊，森林裡竟然變成了這個樣子，我們將來還會有好日子嗎？」

艾娜姨媽也顯得十分擔憂。這時，老奶奶看著戈波，對艾娜姨媽說：「艾娜，你的寶貝兒子總是那樣抖個不停嗎？」

「是呀，他最近老是發抖。」艾娜姨媽說。

「這可不太好，我猜他大概活不過這個冬天了。」老奶奶十分坦率的說。

確實，戈波的身體一向比較弱，比起斑比和法琳，個頭也要矮小一些。現在缺少食物，天氣又這麼寒冷，他幾乎連站也站不穩了。大家都同情的望著戈波。

老奶奶輕輕走到戈波的身邊。她用臉撫摸著這個虛弱的孩子，說道：「別擔心，我的小寶貝，鹿王子們應該繼續勇敢的活下去！」說完，老奶奶就轉身離開了，她的眼睛裡有著深深的擔憂。

就在這時後，靠在雪堆裡休息的郎諾突然跳了起來，他朝四周張望著：「那是什麼？」大家都緊張起來，紛紛朝四周張望著。郎諾變得十分緊張：「不對勁，有什麼地方不對勁，我感覺到危險離我們越來越近了。」

卡洛斯使勁的聞著空氣中的味道，可是他什麼也沒有發現。這時空中突然傳來烏鴉吵吵鬧鬧的叫聲，接著大家就看到一大群烏鴉，從森林最遠的那一頭飛了起來。一邊飛，他們還一邊緊張的說著什麼。

郎諾大聲叫起來：「你們看！一定出事了。那些烏鴉正在逃命！」

「會是什麼事？我們也要逃嗎？」斑比的媽媽一時之間不知道該怎麼辦。

「快逃吧！」艾娜姨媽十分著急。

「等一等！」郎諾指揮道。

「可是我的孩子，我的戈波沒辦法奔跑，我得帶著他先走了。」艾娜姨媽已經等不下去了。

「那你走吧！帶你的孩子一起。儘管我不認為有這個必要，但我也不會責怪你這麼做。」郎諾回答。

「孩子們，放輕腳步跟上我！」艾娜姨媽馬上帶著法琳和戈波離開了。

不一會兒，更多的鳥飛了起來，躲在樹叢中的鹿雖然看不見他們，卻能聽到他們的大聲呼叫：「當心！當心！」

突然，每一隻鹿都害怕的縮成了一團，因為他們聞到了那股可怕的味道。

「他」來了！

烏鴉已經飛到了他們的頭頂，喜鵲和松鴉也正拍著翅膀逃命。鹿群依然躲在灌木叢裡，透過縫隙，他們看見雪地上跑來一大群動物。有著漂亮羽毛的野雞衝在最前面，在他們身邊是全身火紅的狐狸。現在，他們已經顧不得其他的事情了，先逃命要緊。

現在，森林裡充滿了「他」的味道，這表示，有好多個「他」走到了森林裡。

鹿群仍然躲著，他們看見連小松鼠和小烏鶇也開始逃命。這些小傢伙從一根樹枝跳到另一根樹枝上。雖然知道「他」從不會獵捕這麼小的動物，但是一聞到「他」的味道，這些最小的動物唯一想到的就是快跑。

不一會兒，斑比的老朋友——善良的野兔先生跑了過來。卡洛斯趕緊在他後面大聲的問他：「發生了什麼事？」

可是，膽小的野兔先生已經被嚇得連話都說不出來了。喘了口氣之後，他終於大叫起來：「我們被包圍了，到處都是『他』，怎麼辦才好呀？」

就在這時，鹿群聽到了森林裡傳來的腳步聲和樹枝被折斷的聲音。有二、三十個「他」走了過來。

「他」來到了森林的最深處。

一陣拍翅膀的聲音響過之後，緊接著鹿群就聽到了「砰！」的一聲巨響。「撲通」一聲，一隻野雞一頭栽到地上，失去了性命。那是「他」幹的。

鹿群嚇呆了。瑪麗低聲說著：「我們都會沒命的！」

斑比現在躲在鹿媽媽身邊，他感到十分迷惑，周圍亂哄哄的，但是他卻可以聽到自己的心跳聲。其實這個時候，他正在渾身發抖呢。鹿媽媽也感到十分害怕，可是她大聲對斑比說：「別怕，待在媽媽身邊！乖，別怕！」

這時，一隻瘋狂的野雞跑了過來，他一邊跑，一邊大叫著：「千萬別飛起來！千萬別飛起來！」可是沒想到，他自己卻拍著翅膀飛了起來。又是「砰！」的一聲，這隻漂亮的野雞也掉到地上，一動也不動了。

「我們快逃！」鹿媽媽大聲對斑比說。斑比這才發現，郎諾和其他的鹿王子早已不在他們身邊，老奶奶也不見了。現在只有瑪麗和他們待在一起。

鹿媽媽帶著斑比走了好長的一段路：「孩子，我們得走出這片森林，穿過那片空地。但是在森林裡，我們還是得慢慢的走。」斑比點了點頭。

現在，斑比看見在他們周圍還有好多動物。野雞一邊揮著翅膀，一邊飛快的跑著，他們美麗的羽毛有些亂糟糟的；野兔一家也在跑著，他們的長耳朵垂下，圓圓的紅眼睛裡充滿著恐懼。

「砰砰！砰砰！」如同打雷一般的聲音不斷在斑比的耳邊響起。

鹿媽媽大叫起來：「別理它，現在還不能跑！等到我們必須穿越空地時，再拼命的跑。還有，別忘了，斑比，等出了這片森林，就別管媽媽了，一定要朝著草原往前衝，明白了嗎？」

在一片混亂之中，鹿媽媽一步一步謹慎的往前移動。其他野雞依然在四處逃跑。突然，又有一隻野雞掉在地上，他還在拍打翅膀，好像仍然想飛起來。可是，他的嘴裡卻叫著：「完了……完了……」

「牠們在這裡！快來啊！」那是「他」在喊叫，那聲音是多麼的快活。

「砰！」一隻兔子躺倒在草地上，腿蹬了幾下就沒了動靜。

斑比聽見了腳步聲，回頭一看，是「他」！斑比不顧一切的衝出灌木叢，一邊大叫著跑出了森林。「就是現在！快跑！」鹿媽媽對著斑比大喊。斑比不知道自己要朝哪邊跑，他只是一直跑著，跑著。不一會兒，他就穿過草原，跑進了另一座森林。

「斑比！」有一隻鹿在叫他，是戈波。可憐的戈波倒在一片灌木叢裡。

「快跑！戈波，『他』來了！」斑比著急的對戈波喊道。

可是，戈波卻動也動不了了，他已經沒有辦法站起來，他的媽媽和法琳只好把他留在這裡。

「戈波，快站起來，現在你可不能在這裡休息。」斑比走到了他的身邊，他搖著戈波的身體，想幫助他站起來。

「沒用的，斑比，我站不起來了，你快走吧！」戈波幾乎要哭了。

斑比多麼想和自己的朋友一起離開啊！可是現在，他完全幫不上忙，他只能站在戈波的身邊。

「好斑比，快跑吧！別管我了。」戈波朝著斑比大喊。「他」的叫喊聲和打雷的聲音好像離他們越來越近，斑比只好邁開步子繼續前行。

斑比獨自在陌生的森林裡跑了很久很久，然後他遇見了郎諾。這位鹿王子看上去很累，他告訴斑比狐狸受傷的事情。

「你有看見我的媽媽嗎？」斑比向他打聽。

「沒有。」郎諾說著便跑開了。

孤單的斑比在森林裡慢慢的走著，這時候，已經聽不到打雷的聲音了，森林裡也沒有了那股刺鼻的味道。斑比終於遇見了老奶奶和瑪麗，她們都平平安安的。不久，艾娜姨媽帶著法琳走了過來，她看上去非常傷心。

「我的小戈波，他不見了，我把他留在灌木叢裡，可是現在，我卻找不到他了。」艾娜姨媽說著，就流下了大滴大滴的眼淚。

「你們有看見我的媽媽嗎？」斑比傷心的問她們。可是大家都搖了搖頭。

從此以後，斑比再也沒有見過他的媽媽。

第八章　鹿王

等到春天到來的時候，草地上再次開滿了各式各樣漂亮的小花，樹上和灌木叢裡也長出嫩綠的小葉子。斑比的頭上已經長出了幼嫩的鹿角，他現在正用一棵小栗子樹的樹枝磨著自己的角。他的角上還包著一層皮，等磨去了這層皮之後，斑比白色的鹿角就能露出來了。

「你好！」旁邊的橡樹上，有一個小傢伙和斑比打招呼。

「你好！」斑比發現原來是一隻可愛的小松鼠啊！

「你認識我嗎？」小松鼠笑著對斑比說。

「去年我和媽媽有和你聊過天呢！」斑比回答。

「喔！那是我的奶奶。可是她已經被雪貂給害死了。」小松鼠告訴斑比：「我的爸爸一個月前也被貓頭鷹抓走了，現在這棵橡樹上就只剩我了。」

斑比覺得自己應該再往前走一走，可是正要邁開腳步的時候，小松鼠又說話了：

「先別走好嗎？我想和你再說說話呢！」

斑比停下了腳步：「你還想和我談什麼呢？」

小松鼠想了想，然後說道：「喔！你的鹿角真漂亮啊！」

斑比很高興有人注意到了自己的角，快樂的問道：「你說的是真的嗎？」

「當然是真的，你的年紀還這麼小，別的小鹿都沒有這樣美麗的角呢！想一想，去年的時候你還只是個孩子呀！」松鼠說著。

可是他的話很快就讓斑比想到了去年那段討厭的日子。自從媽媽不見了之後，斑比就變成了孤兒，他感到那麼的孤單，常常在夜晚獨自偷偷的哭泣。幸好老奶奶非常照顧他，她老是把斑比帶在身邊，就像鹿媽媽一樣。

斑比還是時常想念戈波，這個可憐的小傢伙，不知道現

在在哪裡呢？斑比一直不相信戈波就這樣消失了。

當那可怕的冬天終於過去的時候，斑比恢復了精神，而且他的頭上長出了角。可是，那些鹿王子們卻開始欺負他。他們不准斑比靠近任何一位鹿公主，而且，每次鹿王子們看見斑比的時候，總是要追趕他、嘲笑他。

想到這些，斑比就不想再和松鼠說話，他氣呼呼的跑開了。斑比跑得很快，他差點踩死一隻正在草地上吃草的蚱蜢，還嚇得野雞呼啦啦飛了起來。

「這孩子是怎麼了？怎麼變得這麼沒有禮貌，他可不能變得像那些驕傲的鹿王子一樣啊！」動物們都這麼說著。

現在，陽光已經把整個森林照得十分溫暖，樹葉的香氣和野花的香味讓大家都快樂了起來。斑比一口氣跑到林子中間的空地上，他覺得自己身上充滿了力量。他用蹄子一下一下的敲著腳下的土地，把地上的泥土都掀了起來。

兩隻鼴鼠還以為來了什麼敵人，他們驚恐的從地下的窩裡探出頭。當他們知道是一隻小鹿在刨地時，都大笑了起來：「看啊！哈哈，多麼有趣的小傢伙，從來沒有一隻鹿像他那樣對著泥土發脾氣。」

斑比聽到鼴鼠們的話，生氣的抬起了頭。這時，他突然發現旁邊的灌木叢中，露出了一對非常漂亮的大角，就像國王的王冠一樣。
斑比生氣的想：一定又是那些討厭的鹿王子們——那些欺負我的傢伙。雖然，以前斑比看見這些鹿王子的時候，都會遠遠的跑開。但現在，斑比正在氣頭上，他決定衝上前去，用自己小小的鹿角和這個鹿王子打一架。他在心裡默默想著：「我不能再逃跑了，現在我已經長出了角，我可以和他們打一架，絕對不能讓他們小看我。」
於是，斑比慢慢的低下頭，用自己的鹿角對準這個鹿王子，立刻衝了上去。
可是他沒有想到，這個鹿王子竟然一下子就閃過了他的攻擊。
斑比停下腳步，轉過身子才發現，站在他面前的根本不是鹿王子，而是那隻威武的老鹿王。斑比的臉馬上紅了起來，他感到十分羞愧。心裡嘀咕著：「我這是在做什麼啊？」
老鹿王輕聲問他：「孩子，你怎麼了？」
可是斑比連一句話也說不上來，他低著頭，像一個犯了錯的小孩。
「你怎麼了？」老鹿王再一次問他。
「我……我還以為您是那些欺負我的鹿王子，我以為……是郎諾，或者是卡洛斯……」斑比支支吾吾的說著。

「哈哈哈！」老鹿王突然笑了起來。「那為什麼不和我打一架呢？我們的鹿王子已經長大了。」老鹿王說。

斑比很想告訴老鹿王，他是多麼的崇拜他。可是，斑比卻說不出口，他只能小聲的說：「我……我不知道。」

老鹿王沒有再說什麼，他輕輕的邁著步子走開了。最後，從森林中傳來他的聲音：「再見了，保重！」

【蛻變之路】

第九章　贏得法琳

夏天把整座森林都變得熱烘烘的，斑比現在長得更加健壯了。他頭上那漂亮的鹿角越來越像一頂王冠，他換上一身鮮亮的紅褐色外衣，四條腿也變得更加有力了。

這一天，他在森林中的小路上散步。炎熱的天氣讓他覺得非常難受，只有待在樹林裡，才能有一絲絲的涼快。就在這時，他突然發現以前的小夥伴法琳就站在離他不遠的地方。

法琳現在已經是一隻漂亮的鹿公主了。她換上鮮豔的紅外衣，上面有一些漂亮的白色點點，她的眼睛像兩個清澈的小水塘，只要看著她的眼睛，斑比就覺得全身都涼快了起來。

斑比朝法琳慢慢的走去，而法琳也害羞的慢慢走向斑比。

「法琳，好久不見！」斑比向她問好。

「是啊。」法琳低著頭回答，她的臉紅紅的。

是的，自從鹿王子們不准斑比接近鹿公主後，斑比就再也沒有見過法琳，原來，在這段時間裡，法琳已經變得那麼漂亮，那麼可愛。

「這條路是那麼的熟悉。」法琳輕聲的對斑比說。

「是啊！這是通往草原的路，我和媽媽每次都會從這裡走過去。」斑比想到了媽媽，他的心裡又是一陣難過。

「以前我們在草原上一起玩的時候多開心呀！還有戈波跟我們一起玩。」法琳開始想念起她的弟弟，可憐的小戈波一直沒有消息，沒有人知道他現在在哪裡，自從出事之後，大家就再也沒有見過他。

斑比和法琳回憶起了他們小時候一起在草原上和森林裡玩耍的日子——

第一次見面的時候，他們一起玩捉迷藏遊戲，法琳在前面跑，斑比和戈波在後面追，到了分手的時候，大家都捨不得分開；他們總是把自己的祕密告訴對方，那一次斑

比在森林裡遇見了老鹿王，還是法琳告訴他，那是一隻多麼神祕的老鹿。

在春天的草地上，他們一起追著蝴蝶，跑個不停；在夏天的小雨中，他們躲在森林中最茂密的灌木叢裡，一起快樂的說著許多有趣的事情；在秋天的寒風中，他們總是站在一起聽著樹葉「沙沙沙」的交談；而到了冷冽的冬天時，他們也總是湊在一起，在雪堆裡找著食物。

斑比和法琳就這麼一直聊著過去種種，他們都覺得，這些日子的分離也不能把他們分開。

「我覺得，以前我們是……」法琳的話還沒有說完，便又像以前那樣跳起來，跑走了。「等等我！我……」斑比馬上追了上去，他還有好多好多的話想對法琳說呢！

就這樣，法琳和斑比跑出森林，來到了草原上。

「等等，我還有話要對你說！」斑比再一次呼喚法琳。終於，法琳停下了腳步，她轉過身子抬頭看著斑比，因為現在，斑比已經比她高了很多。

「我想，我想……」斑比有些害羞，可是他還是鼓起勇氣說了出來，「我想問你，你願意和我在一起嗎？」

「我……」法琳紅著臉低下了頭，「我不知道。」

斑比有一些失望，可是他覺得法琳是喜歡他的，於是他再次問道：「你一定知道的，你願意和我永遠在一起嗎？」

法琳不再說話，她的頭抬起來，微笑著看了看斑比。然後，她輕輕的點了點頭。斑比太快樂了，他覺得自己是多麼的幸福，以後法琳將和他生活在一起，斑比再也不會感到孤單了。

斑比和法琳肩並肩在草地上慢慢的走著，臉上帶著甜甜的微笑。可是就在這時，灌木叢中跳出一隻鹿王子，原來是卡洛斯。

法琳一看見卡洛斯，就輕輕的跑開了。斑比正想追上去，沒想到卡洛斯很快的擋在他面前。

「讓開！」斑比有些生氣。

「喔！小孤兒斑比現在膽子大了，你難道忘記我們曾經對你說過的話，叫你別靠近鹿公主嗎？」卡洛斯兇狠的警告斑比。

這些話讓斑比想起以前那些被欺負的日子，現在他非常生氣。

「別擋我的路，我現在不怕你們了！」斑比大聲說著。

「喔！是嗎？你就不怕我尖尖的鹿角嗎？要是被它碰一下，你可就得痛上大半天呢！」卡洛斯顯得很驕傲自滿。他低下頭，把鹿角對著斑比，擺出一副要打架的姿勢。

斑比可不怕他。斑比生氣的衝上去，用自己的鹿角撞上了卡洛斯的鹿角。

這一記撞擊來得太猛，卡洛斯顯然沒有想到斑比的力氣竟然這麼大，他一下子就被撞翻在地上。等到卡洛斯再次站起來的時候，斑比馬上衝了上去，又狠狠的撞了他一下。

這一下，讓卡洛斯倒在地上起不來了，他覺得自己的頭痛得不得了，四條腿也癱軟無力。

「斑比，求求你，別……別再撞我了。」卡洛斯一邊求饒，一邊慢慢的站了起來。

可是斑比才不管他呢！他再一次把剛站穩的卡洛斯撞翻在地上。卡洛斯覺得這一下撞擊，撞得自己真的要沒命了，斑比的力氣那麼大，他根本打不過斑比。

這時候，草原上傳來法琳細柔的叫聲，她好像正一邊逃跑一邊尖叫著。

斑比丟下摔在地上的卡洛斯，馬上跑了過去。

原來是那個總是喜歡嘲笑斑比的郎諾，他正在追著法琳，法琳害怕得又跑又叫，一下子就躲進了森林裡。

「郎諾，不許你追法琳。」斑比生氣的大叫著，擋在郎諾的面前。

「你說什麼？」郎諾用眼角看了看斑比，在他的眼中，小小的斑比實在沒什麼好害怕的。

「我說，別再追著法琳了，請你走開。」斑比好言相勸，又說了一遍。他並不害怕郎諾，只是覺得這位鹿王子比自己的體型大上很多，以前，他是多麼的崇拜郎諾啊！

「小子，你敢這樣跟我說話，難道你不怕我的鹿角嗎？你還記得我以前是怎麼追著你跑的吧？」郎諾威脅著斑比。

「那麼現在你也得小心了。」斑比已經做好了打一架的準備，他感到渾身發熱，充滿戰

鬥力。

現在，兩位鹿王子都低下了頭，用角指著對方。

斑比先衝了上去，這是郎諾沒有想到的。他們的角立刻纏在一起。

斑比使勁扳著郎諾的大角，希望一下子就能把這個鹿王子給摔倒在地。斑比的力氣大得驚人，郎諾覺得必須使點詭計才能戰勝斑比。

於是，郎諾突然退後了一步，害斑比差一點就向前摔去。斑比馬上用強壯有力的前腿穩住身體，這時，只聽見「喀嚓」一聲，郎諾的一支鹿角尖竟然被斑比折斷了！

斑比看到了自己的勝利，馬上又向郎諾衝了上去，一頭撞上他。

這時，郎諾已經完全被斑比撞昏了頭，他不知道，這個一直被自己追著逃的小傢伙，竟然有這麼大的力氣。現在，他的鹿角壞了，肩膀上還流著血，他感到非常害怕。

斑比再次衝了上去，這一下，郎諾一屁股坐在地上，站不起來了。於是，即便是那麼高貴的鹿王子，也開始懇求起斑比：「請放過我吧！你看，我已經站不起來了。」

斑比就站在一邊，冷冷的看著郎諾，他的眼睛裡閃著憤怒的光芒。

「求求你，斑比，讓我走吧！我的前腿已經瘸了。」郎諾再次求饒。

這一次，斑比轉頭離開了，他什麼也沒說，但是他的心裡卻十分自豪。因為他打敗了那兩隻以前欺負過他的鹿王子。

法琳在森林裡把斑比的一舉一動都看得一清二楚。她輕輕的朝斑比走來。

「你真棒！」法琳對斑比說。

斑比微微一笑，站在法琳的身旁，他們再度肩並肩的散起步來。

第十章　又見鹿王

現在，斑比和法琳一起住在樹林，過得非常幸福，每天有聊不完的話題。

有一天，斑比把自己曾經多次見過老鹿王，並且和他說過話的事情告訴了法琳。斑比太快樂了，於是他對法琳說：「親愛的，讓我們一起去森林裡見一見老鹿王吧！」

法琳顯得很高興，她說：「好啊！我多想和他說說話。」但是，這卻不是法琳心裡的真正想法，其實她並不願意見老鹿王，因為老鹿王威嚴的銀色臉龐，總讓她感到害怕。

斑比和法琳肩並肩的走進老鹿王曾經出現過的那片森林，現在太陽已經快要下山，森林裡開始變暗了起來。斑比領著法琳來到自己以前見過老鹿王的那片空地上。

離他們不遠處，灌木叢中傳來沙沙的聲響，老鹿王慢慢走了出來。在黑暗中，他的身影是那麼高大，就像一個巨人，那王冠般的鹿角顯得那麼嚴肅。老鹿王慢慢的走到了斑比和法琳的身邊。

斑比正想走過去和老鹿王問好，卻突然聽到法琳發出了一聲尖叫：「太可怕啦！」

斑比發現法琳變得非常緊張，她不斷的後退著，全身發抖。

第十章　又見鹿王

「法琳，你怎麼了？別害怕。」斑比走近法琳的身邊，想安撫一下這個受驚嚇的鹿公主。

斑比想，也許是因為第一次看見老鹿王，法琳才會那麼害怕。可是事實是，法琳被老鹿王威嚴的樣子給完全嚇壞了，她不停的尖叫著：「快逃啊！」

老鹿王仍然神情如故、安靜的走著，他昂著頭，邁著步子，彷彿沒有聽到法琳的尖叫一般。

為了讓法琳冷靜下來，斑比用最溫柔的聲音對她說：「別怕，法琳，他不壞，他是我們的老鹿王啊！他不會傷害我們的。」

可是法琳仍然渾身發抖，她尖叫

著：「我們快逃吧！」
斑比還想安慰可憐的法琳，但是他突然發現老鹿王已經走遠了。老鹿王似乎根本就沒看見他們，現在，他正低著頭，在草地上找著珍貴的藥草吃。
這次難得相遇卻沒有交談，斑比覺得非常可惜，他想衝上去告訴鹿王：「我在這裡，我是斑比！」
每一次和老鹿王相見，斑比總覺得自己是那麼的卑微，他幾乎都是在懇求著老鹿王可以看自己一眼。
現在，他不想要這樣了。於是，斑比轉身對法琳說：「你在這裡等我，我過去跟老鹿王打聲招呼。」
「別去！」法琳尖叫著請求斑比別靠近那可怕的鹿王。
可是斑比已經下定決心，他向老鹿王走去。
而法琳卻跳起來，跑走了。因為她太害怕了。
斑比沒有和法琳一起離開，他慢慢的靠近老鹿王的身邊。
這時候，老鹿王才抬起頭看了斑比一眼，可是就只有一眼，就又立刻望向更高更遠的地方。

斑比本來很想輕鬆的跟老鹿王打個招呼，他已經準備好這樣說了：「您好！我叫斑比，能告訴我您的名字嗎？」可是，老鹿王現在望著遠方的樣子，卻讓斑比一句話也說不出口。

他覺得自己是那麼的可憐，老鹿王甚至都不肯正眼看他一下。要是他現在這麼突然的和老鹿王說話，一定會讓老鹿王覺得他非常沒有禮貌。畢竟，老鹿王高貴嚴肅的模樣，總是讓斑比十分羨慕，可是也總讓他覺得自己是那麼的卑微和渺小。

不過，老鹿王卻不是這麼想的。他看著眼前的斑比，心中嘀咕著：「真是一位英俊的鹿王子啊！他看上去是那麼的健壯，那麼的聰明，而且他現在已經有了一對漂亮的鹿角。喔！我可不能這樣盯著他看，他會不好意思的。」所以老鹿王才假裝望向遠方。

斑比就這樣站在老鹿王的旁邊，他的個子比老鹿王小很多，所以他更加覺得自己是那麼的渺小。

看著斑比安靜的站在身邊，老鹿王想：「我真想和這可愛的小傢伙說說話呢！喔，不，這個想法真是太古怪了，我怎麼能隨便和不認識的小鹿講話呢？而且，我應當和他說些什麼呢？要是我說了一些言不及義的話，那一定會被這個聰明的小傢伙給嘲笑的。」

斑比盯著老鹿王看了很久，他的心裡想著：「真是一頭漂亮的大公鹿。」

「也許，下一次，下一次我再和這個小傢伙說話吧！」心中暗自下了決定後，老鹿王便慢慢的走開了。

斑比就這樣一直站在那片空地上，感覺自己非常渺小，非常孤單。

第十一章　危險的呼喚

天空中連一絲白雲也沒有，猛烈的陽光照耀著大地，把它變成了一個大烤爐。樹梢上的葉子一動也不動，好像都已沉沉的睡著了，知了在樹幹上用嘶啞的喉嚨唱著催眠曲，草地上升騰起一片熱烘烘的水氣。

現在，整座森林彷彿都懶得動彈一下，沒有一隻動物在外面活動，大家待在涼爽的窩裡，呼吸著熱呼呼的空氣，很快就覺得昏昏沉沉了。

斑比也睡著了。

整個晚上，他都和法琳幸福的在一起，他們在森林中漫步、聊天，還玩著遊戲。有時候，他們甚至一起快樂的叫起來，直到天亮的時候，斑比才停下來休息。他太睏了，連食物都沒吃就躺了下來，而且一下子就睡著了。

在陽光照射下，各種樹木散發著香氣。斑比聞到了刺柏刺鼻的味道，便清醒了過來，而且覺得身上又充滿了力量。他發現法琳並沒有躺在他身邊。

斑比想：「法琳去哪裡了？難道她因為感到孤單而離開了嗎？」就在這時，斑比突

第十一章　危險的呼喚

然聽到森林裡傳來一聲細細的、柔柔的呼喚：「快來！快來！」這聲音真像法琳的呼喚。斑比覺得那麼親切，那麼熟悉。

過了一會兒，那細細的、柔柔的呼喚又傳了過來：

「快來！快來！」

這次斑比聽得清清楚楚，那絕對是法琳的聲音，是她在輕聲呼喚他。於是，斑比不再猶豫，他馬上站了起來，像一陣風似的，朝聲音的方向飛奔而去。

斑比多麼想馬上見到他心愛的法琳呀！他的心跳得那麼快，他的步子邁得那麼大，當他奔跑著穿過灌木叢的時候，那些樹枝甚至都來不及發出「劈劈啪啪」的聲音呢！

可是就在斑比飛快地奔跑在樹林中，神祕高貴的老鹿王突然出現在小徑的中央，擋在他面前。斑比不得不停下腳步。老鹿王的突然出現，讓斑比覺得非常疑惑。

斑比對老鹿王輕輕點了一下頭，他現在腦子裡想的全是親愛的法琳——他美麗溫柔的新娘，而且法琳正在呼喚他呀！斑比十分著急，一心只想馬上衝到她的身邊。

「你要去哪裡？」老鹿王問道，他的表情顯得非常嚴肅。

斑比不想告訴老鹿王他要去找法琳，因為他知道法琳是多麼的害怕老鹿王。可是，老鹿王是那麼的聰明、威嚴，什麼都瞞不過他，斑比只能老老實實的說：「我要去找她，找我的法琳。」

「不，你不能去。」老鹿王說。老鹿王就這樣站在路的中央，一點也沒有要讓開的意思。

聽到老鹿王的話，斑比突然感到非常生氣。法琳在呼喚他，而老鹿王卻不讓他去找法琳，多麼奇怪！斑比小心的看了老鹿王一眼，再次鼓起勇氣說：「請讓我過去，我得去找她。」說完，斑比就準備再向前奔跑起來。

可是沒想到，老鹿王聽了斑比的話之後，還是一動也不動。

斑比更著急了，他用力的跺了一下腳，轉了一個圈，然後感到有點無奈的說：「法琳在叫我呢……」

「不，那並不是法琳的叫聲。」老鹿王認真的說著。

這時，一片安靜的森林裡，再次傳來法琳的叫聲。「您聽，她在叫我！您聽見了嗎？」斑比激動了起來，他真想馬上飛到法琳的身邊。

老鹿王的表情更加嚴肅了，他對斑比說：「我聽見了。」

斑比想：這下子老鹿王總該讓我過去了吧！

「再見了，我得走了。」斑比再次與老鹿王道別。

「站住！」老鹿王叫了起來，這一次，老鹿王的聲音是那麼的焦急，好像是在命令斑比。

「求求您，讓我走吧！」斑比覺得要是自己還不趕緊過去，法琳一定會生氣的，她可能永遠都不會再理他了。

可是，老鹿王還是像一堵牆一樣，擋在斑比的前面：「別去，相信我，那不是法琳的聲音。」

「快來！快來！」那個細細的、柔柔的聲音就像小鳥的叫聲一樣，又輕輕的從森林的深處傳了過來。

斑比繼續懇求老鹿王：「請您讓我走吧！她在呼喚我呢！就讓我去看一下，我會馬上回來的。」

「那不是她，絕對不是。」老鹿王的腳步動了動，更堅定的說：「你要是去了，就再也回不來了。」

細細的、柔柔的聲音再一次傳了過來，在安靜的森林裡是那麼的清楚。斑比快急瘋了，他的蹄子不斷的敲打著地面，嘴裡一直重複著：「我得走了！我得走了！」

沒想到，這一次老鹿王竟然讓開了路。斑比正準備衝出去，卻聽到了老鹿王的話：「那麼我們一起去吧！孩子，別著急，跟在我的後面，輕輕的走，別發出任何聲音。」

斑比雖然非常著急，但是他仍然乖乖聽話的跟在老鹿王的後面。

老鹿王又再次開口：「聽著，你得緊緊的跟著我！不論你看見了什麼，千萬別離開我！腳步要放得很輕很輕。」

於是，斑比就這樣安靜的跟在老鹿王的身後。因為著急，他不時的輕輕歎著氣。

他們走進了森林裡最難走的地帶，這裡的灌木叢一個接著一個，好像一面面的牆壁，把動物們都擋在了外面。斑比從來沒有進來過，也從沒聽說有誰曾經勇敢的進入這裡。

在極為難走的路上，老鹿王卻顯得十分輕鬆，他的四條腿輕輕的落在枯樹葉上，沒有發出一點聲音，他的腳步總能落在最容易走的地方，他的身體一點也沒有擦到灌木叢，更沒有碰到尖銳的刺藤。斑比驚訝的看著走在前面的老鹿王，心裡想著：「他竟然有這樣的本領，難怪鹿群都說他是神祕的老鹿王，因為任誰都聽不到他的腳步聲。」

那細細的、柔柔的呼喚聲仍然不停的在森林裡響著，斑比現在也覺得奇怪：「為什麼法琳不走過來找我呢？」

老鹿王安靜的走著，他有時停下腳步，靜靜的聽著周圍的聲音，銀色的臉上看不出他正在想些什麼。

斑比跟著老鹿王走走停停，離那細細的、柔柔的呼喚聲越來越近，就在這時，老鹿王轉過身子，溫柔的對斑比說：「待會兒，不管你看到了什麼，千萬別亂跑，聽到了嗎？要像我一樣鎮定，不要慌張害怕。」然後，老鹿王又邁開了步子。斑比覺得很疑惑，他不知道老鹿王為什麼要這麼說。

突然，斑比聞到空氣中有一股又酸又臭的味道，他感到那麼的熟悉，又那麼的害怕，幾乎就要忍不住尖叫起來。於是，斑比馬上停下腳步，把嘴巴閉得緊緊的，不敢發出一絲聲音。

那是「他」。

斑比發現，「他」正躲在一棵大樹的後面，茂密的灌木把他的身體都擋了起來，只露出他的頭。「他」一動也不動的站著，可是卻動著嘴巴。

「快來！快來！」那個細細的、柔柔的聲音竟然是「他」發出來的。「他」竟然能夠發出法琳那溫柔的叫聲，斑比全身都顫抖著。

這個時候，老鹿王站在斑比的身邊，他好像早就知道斑比會如此害怕，於是輕輕的在斑比的耳邊說：「別害怕，我的孩子。」

現在斑比才明白過來，剛才老鹿王為什麼要阻止他來這裡。老鹿王一定很早就知道，「他」能夠發出鹿的叫聲。所以，老鹿王是在保護斑比，甚至還救了斑比的性命。

斑比低下頭來，他覺得自己剛才真的太沒禮貌、太急躁了。可是，老鹿王並沒有說什麼，他慢慢轉過身子，就像什麼也沒有看到一樣，輕輕的移動腳步離開了那裡。

斑比緊緊的跟在老鹿王身後，小心謹慎的走著。剛才，斑比的心裡還萬分著急，現在他卻感到十分羞愧。斑比想著：「我應該怎麼感謝老鹿王呢？他會接受我的道歉嗎？」

回去的路上，老鹿王什麼話也沒說，為了讓斑比跟得上自己的腳步，老鹿王走得很慢。可是，就在斑比準備和他說聲謝謝的時候，老鹿王卻突然轉身鑽進了一片茂密的灌木叢裡。

灌木叢沒有發出任何聲音，它像一塊綠色的布，一下子就把老鹿王藏了起來。斑比跟了上去，他覺得自己應該感謝老鹿王的救命之恩，可是這時候，灌木叢卻變成了一堵綠色的牆，斑比學著老鹿王的腳步，想輕輕的走進去，但是一根根的樹枝擋在他的面前，一根根的刺藤就長在他的腳邊，斑比一步也走不了，只好失望的退出來。他沿著小路，慢慢的走出森林，來到了草原上。

這個時節，草原上正盛開著一種黃色的小花，它們像一個個的小太陽，把整個草原變成了一片金黃。看到這些可愛的小花，斑比的心情變得輕鬆起來，他跑進花叢裡，自由自在的轉了一大圈。

當斑比回到森林的時候，他遇見了美麗的法琳，一切安然無恙。

「喔！法琳，我好想你！」斑比走到法琳的身邊，覺得自己幸福極了。法琳也甜甜的笑了，他們一起在森林裡散步著。

經過一整天的驚險，斑比感到精神非常疲累，他輕聲的對法琳說：「親愛的法琳，要是你在森林裡和我分開了，請千萬不要用細細的、柔柔的聲音呼喚我。如果我發現你不在我的身邊，我會去找你的。一定會去找你，你只要安靜的等著我就行了，千萬不要呼喚我。今天，我差一點就因為你那溫柔的叫聲而丟了性命呀！」

法琳並不知道斑比說的事情，她感到非常奇怪，但是她也記住了：「以後不能用細細的、柔柔的聲音呼喚斑比。」

第十二章　戈波歸來

幾天之後，斑比和法琳慢慢的在草原上散著步，清晨時分，綠意盎然的草葉上掛著一顆顆圓圓的露珠。太陽馬上就要升起來了，所以斑比他們決定回到涼爽的森林裡去。

當斑比和法琳走進那片灌木叢的時候，突然發現一個醒目的身影站在老橡樹下面。天已經完全亮了，這個傢伙就這麼大剌剌的站著，一點也沒有要將身影隱藏起來的意思。

「那是誰呀？」法琳問斑比。

「喔！是一隻鹿王子。」斑比回答。

「是郎諾？還是卡洛斯嗎？」法琳有些害怕。

斑比又仔細的看了看站在那裡的鹿王子，然後說：「不，不是他們，他們已經被我打怕了，不會這麼大膽的出現在這裡。那一定是一隻新來的鹿王子。我們再走近一點看看吧！」

於是，斑比和法琳慢慢的走了過去，奇怪的是，那隻鹿王子一點也沒有要走開的意思，他好像完全沒有發現斑比他們。

現在，斑比和法琳離他只有幾步遠了。

「斑比，你要是想和他打一架，可得千萬小心，你看他的身體，長得那麼壯。」法琳擔心的說著。

那隻新來的鹿王子正在吃地上的青草，當他抬頭的時候，才發現斑比和法琳站在離他那麼近的地方。可是，這個壯實的小夥子一點也不害怕，他馬上跳起來，飛快的向斑比和法琳跑了過來。他跑步的樣子多麼有趣，一點也不像鹿王子的樣子，而是像一隻沒長大的小鹿那樣，一蹦一跳的。斑比覺得非常奇怪，便停下了腳步。

新來的鹿王子越走越近，斑比低下頭，把自己美麗的大角對著他，擺出一副想要打架的樣子。

「喔！斑比！斑比！」新來的鹿

王子叫著：「你不認得我了嗎？」

那聲音是如此熟悉，斑比一下子想不起來，自己曾經在哪裡見過這位鹿王子，可是斑比知道自己一定認識他。

突然，法琳從斑比的身邊跑開，衝向這位新來的鹿王子，斑比從來沒有看過法琳跑得這麼快。

「戈波！戈波！是你嗎？」法琳跑到新來的鹿王子身邊，大聲的呼喚著。

「是我！是我！你是法琳，哈哈！你是法琳！」新來的鹿王子是那麼的快樂，他繞著法琳跑了一圈又一圈。斑比突然明白了，他真的是戈波，那隻可憐的小鹿戈波，他只要是高興的時候，總是會這樣繞著圈圈。

戈波停了下來，他發現法琳的臉上都是淚水，於是他走到法琳的身邊，輕輕的舔著她的眼淚。其實，戈波自己臉上也滿是淚水，哽咽得說不出話來。

斑比輕輕的走到他們身邊。「親愛的戈波，真的是你！」斑比的聲音激動得發抖：「原來你還活著！」

「是呀！我沒有死，我還活著。」戈波快樂的笑著。

「到底是怎麼回事？」法琳很想知道為什麼戈波消失了那麼久，他失蹤的時候很瘦，現在卻胖乎乎的，而且，他的頭上也長出了一對小小的鹿角。

「我和『他』生活在一起，」戈波說：「是『他』救了我。」

突然，斑比和法琳都變得緊張起來，他們都陷入沈默，戈波卻覺得很驕傲。他繼續說：「我一直和『他』生活在一起，我現在知道很多『他』的事情，你們一定想不到，『他』和鹿群說的完全不一樣。」

斑比和法琳十分驚訝，他們在戈波的臉上看見了得意的表情。但因為法琳一直很想知道關於「他」的事情，所以她興奮的叫道：「快跟我們說說吧！」

「親愛的法琳，我可以說上一整天，喔！不，一整天可能也說不完呢！」戈波樂呵呵的說：「可是，我現在好想念媽媽，她一定以為我已經死了，媽媽她還好嗎？」

「媽媽很好，她現在正在家裡呢。」法琳快樂的說著。

「我現在就要去找她。你們要一起去嗎？」說完，戈波就走進了森林，斑比和法琳在後面跟著。

由於已經很久沒有回到森林，戈波有點記不清回家的路怎麼走了。好幾次，他不小心走錯了路，斑比和法琳輕輕的叫住他，為他指出正確的方向。

漸漸的，戈波覺得他慢慢想起來了，現在他們腳下的這條路，就是以前媽媽帶著他走過的路，這條路上有很多紅色的小果子，味道甜甜酸酸的。在走過一棵栗子樹的時候，戈波想起了那個寒冷的冬天，他和斑比在這棵樹下的雪堆裡找著食物。

啊！就是這座森林，這就是戈波曾經生活過的森林。

斑比一路上都注意著戈波，他發現，雖然戈波已經長成了一個鹿王子，但是他現在似乎忘記了怎樣在森林裡輕輕的走路。每走一下，戈波的腳步就發出巨大的聲音，好像一點也不在乎大家會聽到他的腳步聲。而且，戈波也沒有仔細的查看一下周圍的林地，他不像一般的鹿那樣小心翼翼。

太陽已經把整座森林照得亮晃晃的，戈波毫無顧忌的走著，他根本沒有注意自己的腳下，甚至把一群野雞給嚇得飛了起來。

「小心點，你差點踩死我們了！」這群野雞叫了起來。

戈波沒有時間理他們，他迫不及待的繼續往前走。

不一會兒，他們就走到了一處被灌木叢圍起來的地方，戈波看見一

隻年老的母鹿正躺在裡面。

「媽媽！」戈波喃喃的叫著，他輕輕的走了過去。

艾娜姨媽正躺著休息，她其實早已經聽到腳步聲，但是她以為那是法琳的腳步聲。

「媽媽！」戈波又叫了一聲。

艾娜姨媽的耳朵動了動，她好像不相信自己的耳朵。然後，她含著眼淚轉過了身子。她朦朦朧朧的看見一隻壯實的鹿王子，就這樣靜靜的站在她面前，他的樣子是那麼熟悉，他的聲音是那麼好聽。

「戈波？」艾娜姨媽輕輕的叫了一聲。

「是的，媽媽，是我！」戈波一下子跳到了媽媽的身邊，激動的說：「我是戈波，我沒死！」

艾娜姨媽激動得渾身顫抖，她站起來，深情的望著自己的孩子。然後，她走向戈波，就像照顧小鹿那樣，用自己的舌頭輕輕的舔著他的臉。

斑比和法琳慢慢的邁開步子走開了，因為他們知道，戈波還有好多話要和艾娜姨媽說呢！

第十三章　恥辱還是榮耀

現在，戈波成了森林裡的大人物，因為他活著從「他」那裡回到森林來，而且他知道很多關於「他」的事情。

這一天，戈波站在草地上，在他的周圍站著、坐著很多動物，他們都是為了聽戈波的歷險故事而來。

斑比的老朋友野兔站在最前面，他的眼睛還是那麼溫柔，他的鬍子已經變白了。野兔聽得十分認真，他的耳朵一直豎著，真像兩把大勺子。不一會兒，他把耳朵垂下來，低下頭咬了一口鮮美的青草。然後，他又抬起了頭，一邊嚼著青草，一邊把耳朵立得直直的。

喜鵲就站在那棵小小的栗子樹的樹枝上，原本，他總是非常愛說話，可是今天，他卻一聲不響的站在那兒。他把脖子伸得長長的，不想漏聽戈波所說的每一個字。

野雞一家也來了，野雞爸爸和野雞媽媽就坐在草地上，他們身上的羽毛閃閃發光，小野雞們就乖乖的蹲在他們的身邊。

最好動的是小松鼠。他一會兒從這棵樹跳到那棵樹上，一會兒在草地上跑來跑去。站在樹枝上的時候，他把自己小小的爪子輕輕的擺在雪白的胸前，就好像被戈波的話嚇到了一樣。

小松鼠還一直張著嘴巴，不時的想插上一、兩句話，因為他覺得自己是森林裡最聰明的動物。可是，大家現在只想聽戈波的歷險故事，誰也不願意被打擾。於是，他們總是對小松鼠說：「拜託你別說話，親愛的小松鼠，讓我們先聽戈波把話說完。」

戈波正講著他的奇妙經歷，他告訴動物們，在那個寒冷的冬天，他是如何害怕的獨自躺在地上。周圍都是動物們的尖叫聲，沒有誰能夠幫助他。然後，獵狗「汪汪」的叫著，跑到了他的身邊。獵狗長得多麼的可怕，黃色的大眼睛、又白又尖的牙齒、嘴邊還滴著血，這些獵狗對著小戈波一陣大叫，好像馬上就要衝上去

把他撕成碎片一樣。

就在這時，好幾個「他」走過來了。

「他們」大聲斥罵獵狗，把獵狗趕到了一邊。然後，其中一個「他」發現了戈波，「他」走過來，輕輕把戈波抱了起來。當時，戈波害怕得全身發抖，但是「他」卻用溫暖的手輕輕的撫摸著他。接著，「他」便把戈波帶走，帶回了「他」的家。

「什麼是『帶』？」法琳打斷了戈波的話。

「喔！就像松鼠拿著栗子回到自己家裡一樣。」戈波一邊說，一邊看了看松鼠。於是，大家的頭都望向了松鼠，而這個時候，松鼠剛好從一棵栗子樹上摘下了一顆栗子。

「『他』還有家？」野兔問了第二個問

題。

圍著戈波的小動物們也感到十分驚奇，因為他們從來沒有聽說過「他」竟然還有個家。

「是的，而且『他』的家還真棒！」戈波驕傲的說。因為戈波知道，自己是唯一一個進過「他」家的森林動物。

「『他』的家可真暖和啊！」戈波繼續說著：「那時是冬天，外面非常寒冷，但是在『他』的家裡頭，真像是在春天裡呢！」

「哎呀！」一隻鰹鳥叫了一聲。

「當我住在那裡的時候，『他』就給我吃乾草、蘿蔔和馬鈴薯，這些食物真好吃呢！」戈波繼續說著。

「乾草？冬天裡怎麼會有乾草？」斑比的眼睛睜得大大的。

「有的，因為是『他』種的，『他』想要什麼食物，就能在土裡種出來，『他』還能把這些東西藏起來，這樣就只有『他』才能找到這些好吃的東西了。」戈波得意的說著。

「可是，你和『他』住在一起，不會害怕嗎？『他』的味道那麼的討厭，每次只要聞到都會讓我害怕。」法琳問道。

「不，『他』一點也不可怕。『他』的味道雖然不好聞，但是『他』對我很好，『他』從來不會打我，也不會罵我。我們總是懼怕『他』，其實『他』沒那麼可怕。只要『他』喜歡誰，就會溫柔的對誰好。天底下再也沒有誰像『他』那麼好了！」

戈波把「他」說得那麼好，可是大家為什麼卻都那麼懼怕「他」呢？森林裡的動物們都被弄糊塗了。

這時，神祕的老鹿王突然悄悄的從灌木叢裡走了出來。雖然他的腳步很輕，但是草地上的動物們都發現了他，大家都敬畏的望著他，只有戈波沒有發現老鹿王。戈波壓根兒沒聽到任何聲音，他還在歡天喜地的說著自己的歷險故事。

老鹿王慢慢的走到這些小動物身邊，他一句話也沒說，只是嚴肅的望著正在說話的戈波。

「『他』的家人都很喜歡我。」戈波越講越興奮：「『他』的妻子總是在早上為我準備好味道很香的乾草，『他』的孩子們每天都會跑來抱抱我，有時候，『他』的孩子們還會和我一起玩遊戲，你們一定想不到，『他』的孩子笑起來的聲音是那麼的好聽。」

說到這裡，戈波抬起頭來，轉了轉耳朵，好像聽到了什麼聲音，過了好一會兒，他才發現站在他身邊的老鹿王。

「你脖子上戴著什麼？」老鹿王用低沉的聲音問戈波，大家這才注意到，原來戈波的脖子上圍著一條黑色的東西。

「喔！那是……那是『他』給我戴上的，沒什麼，這一點也不會痛，『他』有時候會在上面綁上繩子……那是很光榮的……」不知道是因為害怕老鹿王，還是因為不願讓大家知道更多關於這條黑帶子的事情，戈波變得支支吾吾起來，和他剛才說話的驕傲樣子完全不同。

「哎！可憐啊！」老鹿王歎了一口氣，慢慢的走開了。

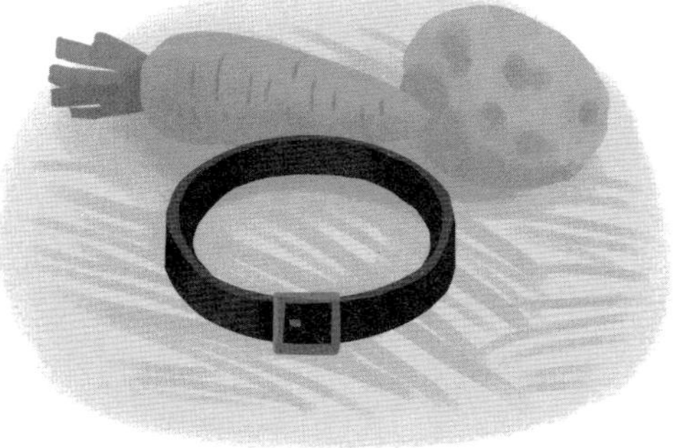

戈波低下頭，變得鬱鬱寡歡起來，動物們等了很久，都不見戈波再說什麼，就一個一個離開了。

幾天之後，很久沒有出現的鹿公主瑪麗再次回到了森林裡，自從戈波失蹤以後，她就習慣了獨自生活。現在她已經成為一隻非常健康、苗條的母鹿。

回到森林之後，瑪麗不再像以前那樣喋喋不休的說很多話，她變得安安靜靜的，而且更加溫柔了。她已經聽說戈波所經歷的歷險故事，她很想見見這位鹿群裡的大英雄。

這一天，瑪麗來到戈波的家。但不巧，戈波並不在家裡，只有艾娜姨媽獨自待在家。因為自己的兒子變成了鹿群裡的英雄，艾娜姨媽現在也成了鹿群中最神氣驕傲的一隻母鹿。

看見溫柔的瑪麗來訪，艾娜姨媽很高興。她熱情的把瑪麗請進家裡，然後開始和瑪麗說起自己那了不起的兒子。

「親愛的瑪麗，好久沒有見到你了，你一定是來看我的兒子戈波的。」艾娜姨媽驕傲的說著：「他現在可和以前不一樣了，戈波現在是鹿群裡最聰明、最勇敢的鹿王子！還記得他小的時候，身體總是那麼瘦弱，還經常發抖。你一定還記得老奶奶說過的話：『這孩子恐怕活不過冬天。』」

「是呀！戈波以前的確讓您費盡了心神。」瑪麗說。

「可是，我的戈波不僅活了下來，還受到了『他』的照顧。」艾娜姨媽說：「你真應該看看他現在的樣子，他有一對非常漂亮的鹿角，他的身體也變得那麼強壯，在鹿群裡，再也找不到像戈波這樣英俊、勇敢的鹿王子了！」

這時，戈波回來了，他看見瑪麗，也聽到了母親的讚賞。

「你知道嗎？連那位神祕的老鹿王也來看我的小戈波了。」艾娜姨媽故意放低了聲音，好像這是一件多麼神祕的事情似的。

「我真不明白，像我這樣的英雄，老鹿王為什麼要說我『可憐』呢？」戈波走了進來，不滿的說著。他也加入了媽媽和瑪麗的談話。

「別去想了，是老鹿王自己老糊塗了。」艾娜姨媽說。

看著戈波，瑪麗的臉突然紅了起來，她溫柔的對著戈波微笑，戈波很快就被瑪麗給吸引住了，他覺得瑪麗的微笑就像陽光一樣溫暖。

戈波對瑪麗說：「是啊！我才不可憐呢！我知道的知識，比森林裡所有的動物知道的加起來還要多，我現在可是這座森林裡最勇敢的動物，因為我敢和『他』住在一起，而且我還知道更好的生活方式是什麼樣的。」

「是呀！是呀！」瑪麗低著頭說。

從這一天起，戈波和瑪麗便成為了一對情侶。

第十四章　請教老鹿王

自從上次見到老鹿王之後，斑比就一直在森林裡尋找他。

現在，斑比已經不常和法琳待在一起，這並不是說他不再愛法琳，而是他覺得自己有了更重要的事。他現在更喜歡獨自在森林裡漫遊。晚上，他總是一一走過那些他曾經走過的小路，沒有發出任何一點聲音。白天，他就去森林裡那些以前從來沒去過的地方，有些是很陡的山坡，一不小心就會掉下去摔斷腿，有些是長著很多毒刺藤的小林子，要是被那些刺扎一下，就得又癢又痛的難過一整天。

要是斑比想念法琳了，他就會回到那些熟悉的地方去找她，他總能在那裡找到法琳。可是現在，斑比卻不願意和其他的鹿王子們來往，不僅如此，他也不再和艾娜姨媽及戈波待在一起。

斑比經常想起老鹿王對戈波說過的話：「哎！可憐啊！」

自從戈波回來的第一天起，斑比就覺得戈波有一點不對勁。斑比想起那天和戈波一起走在森林裡的情景：戈波就像一個沒有長大的孩子，他根本不知道要怎麼保護自己，戈波走路的聲音這麼重，一點也不在乎別人會發現他的行蹤，而且他也完全沒在注意周圍，這樣怎麼能逃過森林裡的各種危險呢？斑比為戈波感到十分擔心。

而且，現在的戈波非常驕傲，他總覺得自己是鹿群中的英雄，看不起其他的鹿王子。可是斑比知道，戈波根本就不會打架。全是因為「他」的關係，大家才會讓著戈波。老鹿王的話好像有什麼含義，斑比真想好好問問他。

在一個漆黑的夜晚，斑比遇上了那隻灰色的小個子貓頭鷹，他知道這個小傢伙平常就喜歡嚇唬人，看到大家被嚇呆的樣子，小傢伙總是非常開心。於是，當小貓頭鷹突然「唔——唧唧，唔——唧唧」的尖叫起來時，斑比故意把身子縮了起來，裝作一副很害怕的樣子。

「嘻嘻！嘻嘻！」小貓頭鷹

以為自己嚇到了這個鹿王子，便開心的笑了起來。他的身體像一個灰色的絨球，一下子就鼓了起來。斑比抬起腳準備走開，但是，他卻突然想起什麼：「小貓頭鷹，你知道老鹿王住在什麼地方嗎？」

「喔！我……我不知道。」小貓頭鷹雖然嘴巴上這麼說，但是他的臉上卻露出了「我當然知道！」的表情。斑比的心裡一陣狂喜，馬上說到：「我想你一定知道許多事，親愛的小貓頭鷹。森林裡的大小事都瞞不過你的眼睛，你可是森林裡的萬事通啊！請你告訴我，老鹿王的家在哪裡？」

小貓頭鷹把蓬鬆的毛收了起來，他儘量把自己的身體縮小，然後委屈的說：「是呀！我當然知道，可是我不能說，不能說。」斑比開始請求他：「請你告訴我吧！善良的小貓頭鷹，我絕不會告訴別人是你說的，我一定守口如瓶，而且你那麼聰明，總能給我們驚喜。」

看著斑比老實的樣子，聽著他的誇讚，小貓頭鷹終於開口：「好吧！那我就告訴你，你可不

能告訴別人喔！我想老鹿王應該也會很高興見到你的。」

「太好了！」斑比感到十分快樂。

「你知道那條長滿柳樹的深溝嗎？」小貓頭鷹說。

斑比點了點頭。

「那你知道那裡有一片橡樹林嗎？」

這一次，斑比搖了搖頭。

小貓頭鷹繼續說：「你得走過那片橡樹林，然後再穿過它前面的一片灌木叢，在灌木叢中間，有一棵倒下的山毛櫸樹，老鹿王就住在山毛櫸樹幹下。」

斑比覺得很奇怪，一般的鹿總是住在由灌木叢搭成的家裡，可是現在小貓頭鷹卻告訴他，老鹿王住在躺倒的樹幹下。小貓頭鷹告訴他：「在那下面是一個洞，山毛櫸樹的樹幹剛好蓋住了洞口，所以非常安全。」

斑比終於明白了，他馬上告別小貓頭鷹，走向那個長滿柳樹的深溝。沒想到，一走進那片橡樹林，他就迎面遇上了神祕的老鹿王。斑比太高興了，高興得一句話也說不出來。看見斑比，老鹿王並不覺得奇怪，他問：「這一次，你想要什麼？」

斑比害羞的趕緊搖了搖頭，結結巴巴的說：「我……我什麼都不要。」

「那你為什麼來找我呢？」老鹿王輕聲問斑比：「你一直在找我，昨天晚上你離我那麼近，幾乎就能看見我了，今天早上，我也在你的附近。」

「老鹿王，請您告訴我，您為什麼要說戈波可憐呢？」斑比壯著膽子問。

「哦？」老鹿王問斑比：「你覺得我說得不對嗎？」

斑比搖了搖頭，他看著老鹿王的眼睛說：「不！我覺得您說的一定對。但是，是為什麼呢？我想不出原因。」

老鹿王微微一笑，他對斑比說：「你能覺得我說的話是對的，這就夠了。至於原因，以後你就會慢慢明白的。再見了，保重！」

老鹿王一說完，就離開了。

【茁壯與傳承】

第十五章　戈波之死

等斑比回到法琳她們身邊的時候，已經是好幾天之後的事了。沒過幾天，斑比就發現戈波有一些奇怪的習慣。

夜晚，當所有的鹿都在林中自由奔跑的時候，戈波總是習慣待在家裡睡覺，而當白天，所有的鹿都躲在森林裡的時候，戈波卻大搖大擺的在森林裡走來走去，而且他的腳步聲很重，總是把斑比從夢中驚醒。戈波還不只一次踩到野雞的尾巴和兔子的耳朵。

戈波高興的時候，甚至會在中午走進空蕩蕩的草原裡，他醒目的身體就這樣暴露在空地上，可是戈波一點也不怕。

斑比覺得戈波的這些行為非常危險，於是他找到戈波，對他說：「親愛的戈波，別再這樣做了，你難道不覺得危險嗎？」

「是呀！我覺得這一點也不危險。」戈波輕鬆的說。

「喔！斑比，我的兒子戈波和你可不一樣，難道你忘了，『他』不會傷害戈波嗎？戈波還有什麼好害怕的呢？白天去草原對戈波來說，是相當安全的。」在一旁的艾娜姨媽說。

於是，斑比就再也沒說什麼。

一天，戈波對斑比說：「你知道嗎？我現在四處覓食走到哪吃到哪，感覺太奇怪了。」

「為什麼？我們大家都是這樣啊！」斑比無法理解戈波說的話。

「或許你們是那樣的，」戈波驕傲的說：「但我和你們可不一樣，我已經習慣了讓別人把食物端來，或是等食物準備好後再叫我過去吃。」

斑比同情的看著戈波。可是，法琳、瑪麗和艾娜姨媽卻總是以非常羨慕的眼光望著戈波。

還有一次，斑比對戈波說：「親愛的戈波，你得做好準備，

冬天馬上就要來了。在森林裡和草原上可吃不到乾草、蘿蔔和馬鈴薯。」

戈波聽到斑比的話點了點頭，但他說：「這可傷腦筋了。」

斑比很驚訝：「傷腦筋？怎麼會呢？只是變得有一點辛苦而已，我們都已經度過好幾個冬天了呀！」

戈波突然變得非常傷心，他說：「喔！我為什麼要受這樣的折磨呢？冬天的時候，要是我受不了，大不了就回到『他』的家裡去吧！那裡像春天一樣溫暖，而且還有吃不完的食物。」

斑比什麼也沒說，轉過身離開了戈波。從那以後，他就沒再和戈波說話了。

戈波總是對瑪麗說：「我覺得斑比不再喜歡我了，他現在和我很不一樣。他總是那麼小心，那麼害怕。『危險』，他就喜歡跟我說這個，可是我不怕危險，我很安全，因為『他』會保護我。」

聽了戈波的話，瑪麗點了點頭：「是呀，而且你是鹿群中的英雄！」

於是，戈波仍然過著和普通的鹿不一樣的生活。

幾個星期後的一個早晨，斑比和法琳肩並肩的從草原上散步回來，天已經大亮，草原上不再安全。他們遇見正準備要去草原上散步的戈波和瑪麗，法琳馬上走了過去，親密的和戈波打招呼。

斑比看了看頭上火紅的太陽，擔憂的對戈波說：「戈波，你得聽我的，現在草原上已經沒有什麼動物了，別去草原，那裡現在很危險。」

可是戈波對斑比的提醒已經感到相當厭煩，而且戈波並不覺得自己會有什麼危險，他說：「別說這些嚇唬我的話，沒什麼好怕的，我又不是第一次在白天去草原。」說完，戈波就和瑪麗一起走出了森林。

斑比感到非常生氣，他帶著法琳回到了森林裡。可是

就在他們正準備坐下來休息時，聽到了烏鴉大聲的呼叫：「危險！危險！」

斑比和法琳立刻朝戈波與瑪麗所在的方向跑了過去，斑比像一陣風一樣跑到他們身邊，然後喘著氣說：「你們聽到了嗎？烏鴉已經發出了警報聲，別去了，那裡有危險！」

「危險？哈哈！我才不怕呢！」戈波驕傲的繼續往前走。

斑比得趕緊想一個辦法，他知道瑪麗總是十分謹慎，並且能夠發現哪裡有危險，於是他大聲叫起來：「沒關係！讓瑪麗先去看看，要是真的沒有危險，你再過去也還不

遲。」

瑪麗覺得斑比說得很對，所以她沒等戈波答應，便飛快的跑了出去。她悄悄的走在草原的外圍，用鼻子聞著四周的氣味，用耳朵聽著草地裡的響動。不一會兒，瑪麗就飛快的跑了回來，她的臉色相當難看，就像一張白紙那樣蒼白。

「是『他』！」瑪麗尖叫著，她嚇得渾身發抖：「我們快逃吧！」

斑比、法琳和瑪麗正準備跑回森林裡，但戈波卻還是不肯回頭。

斑比著急的對他喊：「戈波，快回來啊！」

戈波頭也沒回的邁開了步子：「我要去迎接『他』，『他』看見我，一定會很開心的。」

斑比、法琳和瑪麗都被戈波的舉動給嚇呆了，他們緊張的站在森林裡，看著戈波走進了草原。

「砰！」的一聲，斑比他們聽到了那打雷般的聲音，然後，就看見戈波在草原裡跳了起來，轉身跑回了森林裡。斑比、法琳和瑪麗把戈波圍在中間，他們保護著戈波，一起在森林裡飛快的奔跑著。可是沒跑幾步，戈波突然倒在地上。瑪麗離他最近，她馬上發現，戈波的肚子已經被鮮血染紅了。

斑比和法琳回過頭來，他們看見戈波還想努力的再站起來，可是他的四條腿已經沒有力氣了。

「瑪麗……」戈波可憐的叫著。

「砰！砰！砰！」打雷的聲音又響了起來，斑比還聽到「沙沙沙」的腳步聲。「他」走過來了！法琳和斑比必須帶著傷心的瑪麗走了。

斑比、法琳和瑪麗拼命地跑進森林裡，他們最後只聽見戈波一聲垂死的慘叫。

第十六章　救出野兔先生

自從戈波死了之後，斑比變得更加沈默寡言。他現在總是習慣獨自來到一條清澈的小河邊。鹿群沒有到過這條小河邊，每次斑比都自己靜靜的站著，聽著河水「嘩啦嘩啦」的流淌聲，看著兩邊的樹木靜靜的站在那裡一動也不動。

河裡有兩群野鴨母子，斑比發現，小鴨子們總是靜靜的在水草叢中游來游去，而且絕不會碰到任何一片水草的葉子。而鴨媽媽也總是「嘎嘎嘎嘎」的告訴孩子們很多生活的事情。

有幾次，鴨媽媽突然「呀呀！嘎嘎！」的發出了警報聲，小鴨子們馬上向四周茂密的水草叢游過去，然後他們就這麼靜靜的等著。等他們聽到鴨媽媽的呼喚聲，小鴨子們才又快快樂樂的游出來，跟在媽媽的後面，排起一支長長的隊伍，一起在水裡玩了起來。

斑比觀察了一陣子，他發現鴨媽媽有幾次發出危險的警報聲，其實根本沒有什麼狀況，周邊沒有狐狸，更別說是像黃鼠狼這樣的動物了。

於是，斑比好奇的問鴨媽媽：「明明沒什麼危險，你為什麼還要發出危險的警報聲呢？」

鴨媽媽溫柔的笑了笑，說：「本來就沒有什麼危險呀！我只是想讓我的孩子們做做練習。」

幾天之後，斑比聽到一隻小鴨子發出警報聲：「呀呀！嘎嘎！」然後，小鴨子們就像之前那樣，很快的躲進水草叢裡。過不了多久，小鴨子們就又安然的游了回來，什麼事情都沒發生。

斑比又感到困惑極了，他問那隻發出警報聲的小鴨子：「明明沒有什麼危險，你為什麼還要發出警報聲呢？」

小鴨子調皮的拍了拍翅膀說：「我們自己在練習呢！」

和野鴨一家在一起的時候，斑比發現，他們總是能最快的發現到危險，這讓斑比感覺非常安全。斑

比很喜歡和鴨子們說話，他們可以告訴斑比很多他所不知道的事情。

鴨媽媽飛過很多地方，她總是和斑比說著那些碧綠色的無垠草原，長著刺人的仙人掌樹的金黃色沙漠，還有那常年積著白雪的寒冷雪山。

河邊的草叢裡還住著一隻野雞，他的個子小小的，卻很聰明。有一天，野雞對斑比說：「為什麼大家總是喜歡待在同一個地方呢？要是不移動的話，可是會遇上危險的！」

就在這時，草叢裡竄出一個火紅的身影，一隻狡猾的狐狸悄悄的躲到了水草叢邊。

沒多久，水草叢裡就傳來了鴨媽媽絕望的叫聲，和小鴨子們「呀呀！嘎嘎！」的警報聲。不一會兒，斑比就看見那隻狐狸走了出來，嘴裡叼著一隻可憐的鴨媽媽。

狐狸飛快的跑走了，另一隻鴨媽媽已經拍著翅膀飛上了天空，那群小鴨子從水草叢裡走了出來，哭喊著：「媽媽，媽媽！」

斑比的心裡十分難過，他離開了那條小河。

斑比慢慢的走進一片最茂密的樹林，他穿過那條長滿柳樹的深溝，走過那片橡樹林。

然後，斑比來到了那棵倒下的山毛櫸樹旁邊。

斑比多麼希望可以遇見神祕的老鹿王啊！自從戈波出事以後，斑比就再也沒有見過老鹿王。

終於，斑比從遠處看見了老鹿王，於是迎向他跑了過去。接著，斑比便和老鹿王一起在橡樹林裡散步，他們安安靜靜的走著，誰也沒有說話。

走了一段路之後，老鹿王才慢慢的說：「你現在還羨慕戈波嗎？」

「不……」斑比低下了頭。「我從來都不羨慕戈波，只是，我常常會想到他。我現在總是獨來獨往的……」

「是嗎？你現在也是自己一個嗎？」老鹿王看了看斑比，斑比點點頭，然後老鹿王便不再說話了。

他們又走了一段路。

突然，老鹿王豎起耳朵，停下了腳步。

「你聽到什麼了嗎？」他問斑比。

斑比也豎起耳朵仔細的聽著，可是他什麼也沒有聽見。斑比搖了搖頭。

老鹿王小心謹慎的往前走了走，然後又停下來再問一次斑比：「現在，你聽到什麼了嗎？」

「咚咚咚」，「喀嚓喀嚓」，斑比突然聽到了一些奇怪的聲音，好像是誰在敲著地面，還有人在搖著樹枝。

斑比變得非常緊張，他小聲的問老鹿王：「發生了什麼事？有危險嗎？」

老鹿王點了點頭，但是他什麼話也沒有說，只是繼續慢慢的走著。

不一會兒，老鹿王和斑比就看見一根樹枝正在劇烈的搖晃著，而且在這根樹枝上，竟然繫著一條黑色的繩子，繩子下垂的另一頭就拴著斑比的老朋友——野兔先生。

他們發現可憐的野兔先生被困住了，他脖子上的黑繩子讓他沒辦法逃跑，所以他

只能不斷的用腿扒著泥土，拼命的掙扎。

老鹿王站在矮樹叢裡，並沒有急著走到野兔先生的身邊去，他聽著四周的聲音，聞著空氣裡的味道。過了好一會兒，老鹿王才領著斑比，走到了野兔先生的旁邊。

「喔！看見你們真好！」野兔先生的紅眼睛裡都是淚水，看上去可憐兮兮的，「嗚，我死定了……」

老鹿王什麼也沒有說。他走到拴著野兔先生的那根樹枝旁邊，用牙齒細細的咬著樹枝。斑比則著急的望著野兔先生，不知道該怎麼辦才好。

老鹿王咬了好一會兒，然後用鹿角對準樹枝，猛的撞了一下。「喀嚓」一聲，樹枝折彎了。老鹿王走過去，一腳把樹枝踩在地上，然後又用角撞了一下，「啪啦」一聲，樹枝就被折斷了。

斑比和野兔先生都十分驚奇的看著老鹿王，不知道他要做什麼。

接著，老鹿王一腳踩住黑繩子，把鹿角對準了野兔先生。可憐的野兔先生嚇得渾身發抖，他閉上眼睛，一顆淚珠滑下他的臉龐。

老鹿王輕輕的把鹿角一個尖尖的分枝，插進套在野兔先生脖子上的繩圈裡，然後用力向下壓。

繩圈突然變緊了，野兔先生幾乎喘不過氣來，他胡亂的扭動著身子。

「別動！」老鹿王吼了一聲，乾脆跪了下來，他把全部力氣都放在那根角上，另一根鹿角則壓在了野兔先生的背上。野兔先生痛得縮成了一團，下巴緊緊的貼在泥土上，嘴巴、鬍子上都沾滿了黃色的泥土。

終於，綁著野兔先生的繩圈鬆開了，老鹿王最後一用力，便把整個繩圈從野兔先生的脖子上給拉了下來。

野兔先生又恢復了自由，他向前跳了幾步，然後一屁股坐在地上。

「快走吧！不能在這裡停留，要是『他』現在過來，就麻煩了。」老鹿王催促著野兔先生。

於是，野兔先生站了起來，氣喘吁吁的跑向了一片灌木叢，然後鑽了進去，一下子就不見了。

斑比盯著掉在地上的那條黑繩子看了好一會兒，然後用腳踩了踩這條繩子。「叮噹」一聲，繩子竟然發出了聲音，斑比趕緊把腳縮了回來。

「這是……？」斑比疑惑的看著老鹿王。

「這是『他』做的陷阱。」老鹿王告訴他。

斑比感到非常害怕。「『他』現在應該不在這裡吧？」斑比問。
「『他』現在不在森林裡，但是他早晚會回到這個地方的。」老鹿王說。
然後，老鹿王領著斑比離開了。
在路上，老鹿王告訴斑比：「以後在森林裡散步，可得記得用自己的角碰碰兩邊的樹枝，要是聽到『叮噹』的聲音，就得千萬小心，那就是陷阱。」
等斑比回到老橡樹邊的時候，老鹿王突然嚴肅的問他：「戈波對你說了關於『他』的什麼事情？你覺得『他』是無所不能的嗎？」
斑比也不知道該怎麼回答，便說：「我覺得『他』對戈波很好。」
「那是真的好嗎，斑比？」老鹿王又問斑比。
這是老鹿王第一次叫斑比的名字，原來他早就已經知道了斑比的名字。
「我……我不知道。」斑比支支吾吾的說。
然後，老鹿王歎了一口氣，他的表情變的非常溫柔：「斑比，在森林裡生活，你得非常小心才行！記住我的話，要小心謹慎！」
說完，老鹿王又走了。

第十七章　受傷與療傷

一天晚上，法琳遇見了斑比，她已經很久沒有見到斑比了。法琳望著斑比，表情顯得十分悲傷，她溫柔的對斑比說：「我現在覺得很孤單。」

「我也總是自己一個人。」斑比回答她。

「你為什麼不來找我呢？」法琳問斑比。

「因為我想獨處。」斑比不知道該怎麼回答才好。

「你不喜歡我了嗎？」法琳看上去非常悲傷。

「不，我只是想要自己安靜的生活。」斑比說。

法琳慢慢的走開了，她什麼也沒有說。

第二天清晨，斑比獨自站在草原上，他就站在大橡樹的旁邊，這裡是他最喜歡的地方。現在太陽還沒有升起來，草原上籠罩著一層薄薄的霧，空氣濕潤潤的，而且充滿了青草的香氣。森林裡和草叢裡都沒有一點聲音，烏鴉還在樹上睡覺，松鼠躲在樹洞裡，兔子們也在自己的窩裡睡得正香甜。

斑比深深的吸了一口氣，他覺得自己是這麼的自由。他像平常那樣走進了草原，準備去好好的散散步。

就在這時，草原上突然響起了打雷似的聲音。

「砰！」

斑比突然感到自己的腿上被什麼東西重重的撞了一下，差點摔倒在地。斑比感到十分害怕，他馬上跳了起來，然後飛快的逃進森林，用他最快的速度拼命的跑著。

那巨大的響聲把睡在樹上的烏鴉給吵醒了，他們飛了起來，烏鴉爸爸看清楚了一切，他大聲叫著：「斑比，快跑！是『他』！快跑！快跑！」

斑比跑了很久，一直跑到了森林的深處。這裡安安靜靜的。斑比停了下來，他已經非常疲累了。就在這時，他感到自己的左邊肩膀上，傳來一陣劇烈的疼痛，就像被有毒的刺藤扎傷一樣，而且有熱呼呼的液體流了出來。

斑比覺得自己已經沒有力氣，連站都站不穩了，於是他在空地上蹲了下來，把頭擱在前腿上，閉上了眼睛。

不知道過了多久，斑比隱約聽到老鹿王著急的呼喚：「起來！快起來！斑比，現在不是睡覺的時候。」

斑比睜開了眼睛，他看見老鹿王就站在他的面前。老鹿王是那麼的著急，他舔著斑比左邊的肩膀，不停的喊著斑比，他的聲音是那麼的溫柔，斑比覺得自己應該起來，跟著老鹿王走。

於是，斑比搖搖晃晃的站起來，老鹿王一直在他的身邊鼓勵著他。等到斑比完全站了起來，老鹿王便催促道：「斑比，邁開步子跑起來，快跑起來，你必須離開這裡，我的兒子！」說完，老鹿王就走在斑比的前面，他得領著斑比，不能讓「他」追上他們。

斑比現在突然充滿了力量，因為老鹿王竟然這樣叫他：「我的兒子！」

斑比跑了起來，雖然他的肩膀還是非常疼痛，這讓他幾乎邁不開前腳，但斑比還是咬著牙堅持著，緊緊的跟在老鹿王的後面。就這樣，斑比和老鹿王慢慢的在森林裡跑了起來。老鹿王不時回過頭來鼓勵自己的兒子：「斑比，你得堅持下去！我知道你的身體現在非常痛，但是如果你停下來，就會被『他』給捉住。忍著點！忍著點！你得救救你自己！」

斑比沒有讓老鹿王失望，他一直跑著，完全沒有停下來過。斑比已經沒有思考的力氣，每走一步，疼痛的感覺就撕心裂肺，令他無法呼吸。

不一會兒，他們竟然又走到了老橡樹的旁邊，斑比感到十分奇怪。但老鹿王好像知道斑比心裡在想什麼，他微笑著對斑比說：「現在，我們已經繞到『他』的身後了。」

老鹿王放慢了腳步，斑比也一瘸一拐的走著。他們走到了那片林中空地，空地上有一塊地方的草被壓倒了，老鹿王走了過去，他低下頭，仔細的聞了聞。然後，老鹿王回過頭來對斑比說：「『他』來過這裡了，還有『他』的

狗。」

斑比終於明白了，這塊地方就是自己剛剛躺過的地方，斑比走了過去，發現綠色的草葉上沾滿了已經乾掉的紅色血跡。

「我們走吧！」老鹿王領著斑比走到了另一座林子裡。老鹿王低下頭，似乎在尋找著什麼。

「啊哈！原來在這裡！」老鹿王突然開心起來：「好了！」老鹿王現在鬆了一口氣，他抬起頭把斑比叫到身邊，指著地上的一種深褐色草葉，對斑比說：「快來嚐嚐這種草，它能幫助你。」

斑比低下頭吃了起來，這種草嚐起來非常苦，斑比皺著眉頭咬了幾口，就再也吃不下去了。

看著斑比吃了幾口藥草，老鹿王才稍微安心了下來。他對斑比說：「一直往前走，我的孩子。」然後就跟在斑比的後面走。

過了一會兒，老鹿王停了下來，查看了一下傷口後，對斑比說：「血總算止住了！這樣血珠就不會再從傷口往下滴，也不會再給『他』指路，讓『他』找到我們了。」這下，他們終於可以脫離追捕，安心的前進了。

斑比一直向前走著，走著，他發現自己走到了長滿柳樹的深溝旁邊，他終於明白了，原來老鹿王是把自己帶回了他的家啊！

在跨過深溝的時候，斑比覺得自己的左邊肩膀傳來一陣劇烈的疼痛，又有一股熱呼呼的液體流了出來。

「啊！你又在流血了。」老鹿王說：「不過這也沒辦法，不用擔心，你的傷口會慢慢好起來的。」

斑比和老鹿王一起走過了橡樹林，走過了灌木叢，然後走到了一棵倒在地上的山毛櫸樹旁，斑比已經完全沒有力氣，他的耳朵裡迴響著自己的心跳聲「噗通，噗通……」。

斑比剛要跨過山毛櫸樹的樹幹，就差點掉進一個大大的土坑裡。

「行了。」老鹿王說：「你可以躺在這裡，這裡很安全。」斑比一聽，倒頭就躺在了山毛櫸樹下的小洞裡，再也無法動彈。

就這樣，斑比在老鹿王的家裡躺了很久的日子，他的傷口先是惡化，然後又慢慢

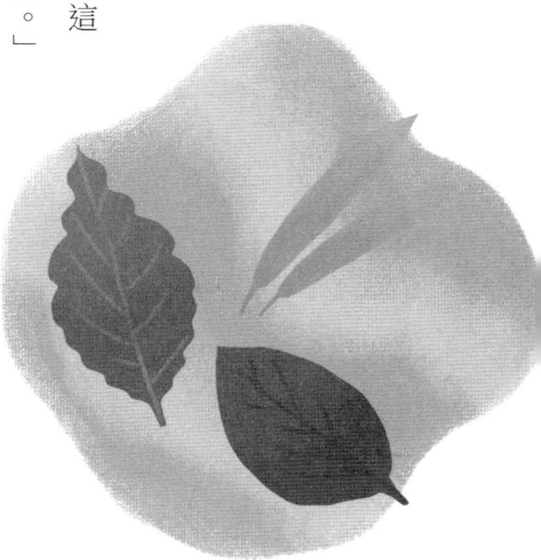

消退、減輕。

有時候，斑比會爬到外面，用不穩定的四肢搖搖晃晃的站起來，拖著僵硬的步伐去尋找食物。他開始吃著那些以前從來不會注意到的藥草，這些藥草的氣味是多麼的奇特、誘人。儘管有些小葉子和矮小粗壯的草莖，還是令斑比非常反胃，但他還是強迫自己吞下，直到傷口逐漸恢復，力氣也慢慢回到了身上。

現在，斑比已經恢復了健康，他會在晚上走出老鹿王的家，在灌木叢裡散散步，可是他並沒有走遠，天空才微微有些發白的時候，斑比就會馬上回到洞裡。接著，一整個白天，斑比就這麼躺著、歎著氣。他想著媽媽的失蹤，戈波的死去，還有自己受傷時的疼痛，這些痛苦的回憶讓斑比感到非常恐懼。

而老鹿王自從斑比恢復健康之後，就不再一直待在斑比的身邊，他只有偶爾回來看看斑比。

一天午後，雷聲大作，大雨傾盆而下。雷陣雨過後，天空格外純淨，夕陽是那麼的美麗，烏鶇在樹上快樂的歌唱，灌木叢下不時傳出野雞清脆的叫聲，生活還是美好的。

斑比從小洞走了出來，老鹿王站在外面，好像在等待著這個時刻的到來。他們慢慢的走著，走著，離開了山毛櫸樹，離開了橡樹林，跨過了深溝，終於走到了草原邊。

一層薄薄的霧覆蓋在草原上，就像斑比受傷那天一樣。斑比用力的呼吸著，草原上的空氣還是那麼清香。

老鹿王望著斑比，靜靜的站在他的身旁。

突然，斑比撒腿跑了起來，他跑進草原，又跑進森林，他感到自己是那麼的自由自在。

從那一天開始，斑比恢復了以前的生活：清晨和晚上在草原與森林裡散步，白天則躺在最安全的灌木叢裡休息。

第十八章　萬象更新

暴風雨連著好幾天襲擊森林，寒冷的風把樹枝上的葉子都吹落了下來。早晨，斑比獨自慢慢的走在森林裡，他正準備回到老鹿王的家裡，然後好好的睡上一覺。

一隻紅色松鼠站在高高的樹枝上叫著：「斑比，斑比，是你嗎？」

斑比停下腳步，這隻小松鼠已經從樹上爬了下來，現在正站在斑比的面前。斑比這才發現，小松鼠原來就是住在大橡樹上的那個小傢伙啊！

斑比熱情的問他：「你是從哪裡來的？小松鼠。」這一問，小松鼠的臉上頓時露出了傷心的神情，他一邊哭一邊說著：「大橡樹沒了！」

斑比感到十分吃驚，他趕緊問小松鼠發生了什麼事。小松鼠說：「『他』來了，還帶著一排『大牙齒』，那些『大牙齒』一下一下的咬著大橡樹，不一會兒，大橡樹就倒下來了。大橡樹一直喊著：『疼啊！疼啊！』住在大橡樹上的小動物們都逃走了。」

斑比覺得非常傷心，因為，從他一出生開始，大橡樹就是他最好的朋友，雖然他們從來沒有交談過，但是斑比真的非常喜歡大橡樹。

松鼠就這麼看著斑比，然後突然高興的說：「但是，斑比，能見到你，我真開心！大家都在傳說你已經被『他』給打死了，可是你現在活得這麼好，還有你的鹿角，真是雄偉又漂亮啊！除了老鹿王之外，再也沒有一個鹿王子有你這樣的角。」

斑比笑了起來。

「還有，你變得更成熟了！」小松鼠最後說道：「我要走了，要是我遇見法琳和你的朋友們，我會把你還健健康康的消息告訴他們的！」

斑比繼續往前走著，他雖然很想問一問小松鼠，法琳他們現在是不是還幸福的生活著，但是他馬上想到老鹿王說過的話：「你必須獨自生活，只有這樣，你才能知道更多知

識，獲得更多自由，懂得生存道理，而且活得更久。」

斑比永遠記得第一次和老鹿王見面的時候，他就告訴斑比：「你得學著一個人獨自生活。」

「可是，現在我們還生活在一起啊？」有一次斑比也這樣問過老鹿王。那時，老鹿王就告訴他：「不會很久了。」

等到冬天來臨的時候，斑比已經在老鹿王的教導下學到不少知識。

一天早晨，當斑比在森林裡散步的時候，他遠遠的看見前面的灌木叢中，有一隻母鹿正在雪堆裡找草吃，她身上的衣服已經由原來的鮮紅色變成了灰白色，可是，她的眼睛還是又大又圓，像兩個清澈的小水塘一樣。

啊！那是法琳，她也變成熟了。

斑比想著以前那個喜歡跑、喜歡跳，年輕可愛的鹿公主，他的心裡就感到無比的快樂。斑比多麼想衝上去，再和法琳一起回憶他們過去共同度過的美好時光啊！可是，斑比還是站在原地，他看著法琳慢慢的走遠了。

「砰！」，森林裡突然發出了打雷似的聲音，這個聲音是那麼響，就像雷打在斑比的腳邊一樣。

「砰！」，又是一聲，斑比趕緊跳進旁邊的灌木叢裡藏了起來。

等到周圍變得靜悄悄的時候，斑比才從另一條路悄悄的回到了老鹿王的山毛櫸樹旁。斑比看見老鹿王站在樹邊，他銀色的臉上帶著疲倦的表情，身體不停的發抖著，彷彿就要倒下去，他的眼睛裡沒有光彩，變得灰沉沉的。

斑比趕緊走了過去，老鹿王輕聲的對他說：「『他』就在森林裡，你陪著我，我要帶你去『他』那裡。」

斑比覺得非常吃驚：「要去『他』那裡？」他問老鹿王。

「是的，去『他』那裡。在我離開之

前，我有一件最重要的事情要告訴你。」老鹿王堅定的點了點頭。

他們慢慢的走進了森林裡，老鹿王每走一步都必須大口的喘著氣，好像非常累的樣子。斑比一邊走，一邊聞著空氣裡的味道，他聞到了一股又酸又臭的味道，而且隨著他們越往前走，這股味道也就越來越濃。

終於，他們在林中空地上見到了「他」。

「他」就靜靜的躺在那裡，胸口上有一片血紅色的印子。斑比第一次離「他」那麼近，他覺得自己快要嚇暈過去了，他停下了腳步，幾乎忍不住要尖叫起來。

老鹿王發現斑比不再往前走，他慢慢的轉過身子，看著斑比的眼睛說：「我的兒子，不要害怕，現在我們可以大膽的看著『他』，你難道沒發現，他一動也不動嗎？」

斑比盯著「他」看了很久，終於，鼓起勇氣，慢慢的走了過去。

老鹿王帶著斑比走到了「他」的旁邊，他們離「他」那麼近，斑比幾乎可以用腳踢「他」的頭了。可是，「他」還是一動也不動的躺著。

「『他』死了！」老鹿王說。

斑比第一次發現，「他」不再那麼可怕，因為「他」和所有的動物一樣。「他」也是會死的。

老鹿王慢慢的轉身走開了。斑比跟著他走了很久，終於來到一片灌木叢的旁邊。老鹿王停了下來，他灰白的眼睛幾乎要睜不開來，他的四條腿也僵硬得再也走不了了。

老鹿王用最後的力氣對斑比說：「斑比，我的兒子，別跟著我了，下面的路是我自己的，你也有自己的路，你得自己走，別再跟著我了，去吧。再見，保重，我的兒子！」說完，老鹿王就慢慢的走進了那片灌木叢。

從此以後，斑比再也沒有見過老鹿王。

夏天的早晨，太陽還沒有完全升起來，斑比在森林中慢慢的散著步，他走到了一片林中空地上。

斑比就這麼安靜的站著，他帶著微笑看著森林裡的每一棵樹、每一朵花、每一片灌木叢。

然後，他聽到了蜉蝣拍著翅膀，圍著他的腦袋飛舞的「嗡嗡」聲。

「你看見他了嗎？」一隻蜉蝣細聲細氣的問另一隻蜉蝣。

「是啊！我知道他，他是老鹿王。聽說和他年齡差不多的同類都已經死了，只有他活得最長。」第二隻蜉蝣回答。

「真的，大家都說他已經見過太陽升起很多次了呢！聽說他活得比山還要久，比河還要長，我多麼羨慕他啊！」第一隻蜉蝣說。

「我們的生命也不短了，至少，我們還有見過一次太陽呀！」第二隻蜉蝣安慰他。

斑比聽著他們的對話，突然覺得生活是那麼的美好。「我已經見過多少次太陽了呢？」斑比在心裡問著自己。然後，斑比微微的笑了，因為他已經數不清楚自己看見太陽的次數，這說明，斑比已經活了很久了。

就在斑比想著這個問題的時候，他忽然聽到從森林裡傳來了小鹿們害怕的呼喚聲。

斑比朝著聲音傳來的方向走了過去，他看見了站在灌木叢裡的兩個小傢伙。他們都穿著鮮紅的外衣，焦急的在森林裡尋找著，喊著：「媽媽！媽媽！」

斑比發現原來這是一對小鹿兄妹。他們的身體已經非常健壯，小肚子圓滾滾的，顯然，小鹿的媽媽把他們照顧得很好。斑比發現，那隻鹿公主也有著又大又圓的眼睛，她長得和法琳小時候多麼的像啊！

兩個小傢伙還在焦急的尋找著媽媽，他們看上去是那麼可憐。斑比微笑著走了上去，他沒有發出任何聲音，靜靜的站在他們的面前。

等到兩個小傢伙發現他的時候，一雙眼睛都睜得大大的。他們看上去有些怕斑比，也有些崇拜斑比，但他們一句話也說不出來。

斑比用儘量溫柔的聲音對他們說：「你們都這麼大了，難道還要媽媽每天守著你們嗎？孩子們，現在你們得開始學著獨自生活了。」

關於薩爾登與斑比

費利克斯・薩爾登於一八六九年九月六日出生於奧匈帝國佩斯，原名西格蒙德・薩爾茨曼（Siegmund Salzmann）。他的父親是電報局職員。他是一位猶太教正統派拉比【註一】的孫子。當他四個星期大時，他的家人搬到了維也納，原因是一八六七年帝國政府授予猶太人完全公民權，之後許多猶太人也搬遷至此。

當他的父親破產後，十六歲的薩爾登輟學並開始在保險機構工作。他也開始向期刊提交詩歌和書評。他成為「青年維也納」運動（Jung-Wien）的參與者，並很快成為維也納媒體《Wiener Allgemeine Zeitung》、《Zeit》的全職藝術家和戲劇評論家。一九〇〇年，出版第一本短篇小說集。一九〇一年，他創辦了維也納第一家短暫的文學歌舞表演劇院，榮格・維納劇院（Zum lieben Augustin）。

很快，他平均每年出版一本書，內容包括戲劇、短篇小說、長篇小說、旅遊書籍和散文集。他也為維也納幾乎所有主要報紙撰稿。一九〇六年，薩爾登前往烏爾斯坦擔任《BZ am Mittag》和《柏林晨郵報》的主編，但幾個月後遷往維也納。他也撰寫電影劇本和輕歌劇劇本。一九二七年，他接替阿瑟．施尼茨勒，成為奧地利筆會主席。

他最令人難忘的作品是一九二三年的《小鹿斑比》。在一九二八年，西蒙與舒斯特出版了該書的英文譯本，並成為一部成功之作。一九三三年，他僅以一千美元的價格將電影版權賣給了美國導演西德尼富蘭克林，富蘭克林後來將版權轉讓給華特迪士尼影業，這構成了動畫電影《小鹿斑比》（一九四二）的基礎。

二十世紀三〇年代，猶太人在奧地利的生活變得危險。在德國，阿道夫．希特勒於一九三六年查禁了薩爾登的書籍。兩年後，德國吞併奧地利後，薩爾登與妻子搬到了瑞士蘇黎世，並在那裡度過了晚年。費利克斯．薩爾登於一九四五年十月八日去世，享年七十六歲。

薩爾登於一九零二年與女演員奧蒂莉．梅茨爾（Ottilie Metzl，一八六八－一九四二年）結婚，並育有兩個孩子：保羅（Paul，一九〇三－一九三七年）和安娜．卡塔琳娜（Anna Katharina，一九〇四－一九七七年）。他根據斑比這個角色寫了另一本書，書名為《斑比的孩子：森林家庭的故事》（一九三九年）。他的故事《佩里》和《佛羅倫薩獵犬》分別為迪士尼電影《佩里》（一九五七年）和《毛茸茸的狗》（一九五九年）提供了靈感。

獵人文化

薩爾登本身就是一位獵人，這讓他在創作小鹿斑比有很多靈感。

狩獵是人類尋找、追捕、捕捉或殺死野生動物的行為。人類狩獵最常見的原因是利用動物的身體獲取肉類和有用的動物產品（毛皮、骨頭、角）、以及製作動物標本（娛樂或學術），儘管也可能出於非剝削性原因，例如消除對人類或家畜危險的掠食者，消除損害農作物、牲畜、家禽或傳播疾病的害蟲和滋擾動物，或針對人口過剩和入侵物種的生態保護。

休閒狩獵的物種通常被稱為野味，一般是哺乳動物和鳥類。參與狩獵的人是獵人；用於狩獵的自然區域稱為獵區；幫助組織狩獵和管理狩獵保護區的經驗豐富的獵人被稱為獵場看守。

人類的狩獵活動始於直立人或更早的時期，大約數百萬年前。狩獵已深植於各種人類文化中，曾經是農村經濟的重要組成部分——被經濟學家歸類為與林業、農業和漁業並列的初級生產的一部分。現代法規將合法狩獵活動與非法偷獵區分開來，非法偷獵涉及未經授權和不受監管的殺害、誘捕或捕獲動物。

除了提供食物外，狩獵也是控制人口的手段。狩獵倡導者指出，規範狩獵可以成為現代野生動物管理的必要手段。然而，過度狩獵也嚴重導致許多動物的瀕危和滅絕。一些動物權利和反狩獵活動人士認為狩獵是一種殘忍、反常和不必要的血腥運動。某些狩獵行為，例如罐頭狩獵【註三】，甚至被一些獵人認為是不道德和作弊行為。

註釋

註一：猶太教的精神領袖，在不同的猶太教派中，對拉比任命有不同的要求，對於誰被承認為拉比也有不同的意見，拉比負責主持猶太教的宗教儀式。

註二：青年維也納（Jung-Wien）是一個由作家組成的社團，他們常於十九世紀末在維也納的 Cafe Griensteidl 咖啡館聚會。該團體放棄了當時盛行的自然主義，並嘗試了現代主義的各個方面，包括象徵主義和印象主義。

註三：通常涉及將獵物放在封閉的區域，例如圍欄牧場（即罐裝），以防止動物逃跑，並且它是通過豢養動物，增加獵人擊殺的機會。

溫故、發想、長知識

1 在故事中「他」指的是誰呢？

2 「砰」的一聲巨響，你能推測出這是什麼聲音嗎？

3 「他」的第三隻手，只要一抬起來，動物們就必須跑得遠遠的，那第三隻手會打雷，又會放火，推測一下「他」的第三隻手是甚麼呢？

4 小鹿逐漸長大，成為鹿王子，而成長的條件是什麼呢【提示：與打架有關】？

5 斑比的朋友戈波曾經失蹤，現在回到了森林，而戈波失蹤的原因是什麼呢？

6 關於打獵，所謂的野味，是指哪種打獵下的獵物呢？

7 狩獵是人類最早學會的技能之一，能舉出幾個人類狩獵的原因嗎？

8 獵場管理，對於生態的永續及安全上，非常有意義，這個職位通常是由誰來擔任呢？

9 通常涉及將獵物放在封閉的區域，例如圍欄牧場，以防止動物逃跑，增加獵人擊殺的機會，這種違反公平原則的狩獵名稱是什麼呢？

10 經濟學家將打獵歸類於初級生產，還有哪兩個產業也歸類於此？

11 斑比長大後，逐漸曉得森林的法則，懂得如何降低自己的腳步聲，不打擾小動物，越來越成熟，你是否有相似感覺呢？

12 小鹿斑比，由於失去媽媽，必須自立自強，學會獨立生存，你認為你有獨立生存的能力嗎？

13 因為人類的盜獵行為，讓許多動物瀕臨滅絕，你認為該如何對付盜獵者呢？

14 打獵讓人類祖先，能獲取珍貴的肉類，在如今物質充沛的現代，你認為還有打獵的必要嗎？

15 人類最早的狩獵是用自身的耐力，長時間的追逐，使動物的體力耗盡，進而擊殺，你認為這種方式的優缺點是什麼呢？

16槍枝的發明，讓狩獵變得越來越簡單，在也不用近距離跟猛獸戰鬥搏命，打獵的公平原則逐漸傾斜，你有什麼好辦法讓狩獵變得人道嗎？

17在非洲有些部落中，狩獵是傳統文化，而不幸的是，傳統狩獵的目標卻是瀕臨絕種應受保護的動物，你認為要尊重傳統，還是因應現代主流價值觀？

18捕魚、釣魚也是用人類先進的工具，從大自然中獲取「獵物」，你認為，為什麼比較少人談論這一塊呢？

19至今，全球各地還是有合法的狩獵季，你會想要體驗打獵嗎？

解答

1「他」是人類獵人。
2 槍聲。
3 獵槍。
4 鹿角。
5 戈波被「他」抓住，並被馴養起來。
6 休閒狩獵。
7 最常見的原因是利用動物的身體獲取肉類和有用的動物產品(皮毛、牙齒)。
8 獵場管理通常由資深獵人擔當。
9 罐頭狩獵。
10 農業和漁業。
11—19 無標準答案，好好思考並分享給大家吧！

世紀名家：小鹿斑比 / 費利克斯·薩爾登 (Felix Salten) 作 . -- 初版 . -- 桃園市：目川文化數位股份有限公司 , 2023.11
152 面 ; 15x21 公分 . -- (世紀名家系列 ; 8)
譯自 : Bambi a life in the woods.
ISBN 978-626-97766-3-4(平裝)
882.2596　　112017943

世紀名家系列 008
世紀名家：小鹿斑比　ISBN 978-626-97766-3-4 書號：CRAA0008

作　　者：費利克斯·薩爾登
Felix Salten
主　　編：林筱恬
編　　輯：徐顯望
插　　畫：鄭婉婷
美術設計：巫武茂、張芸荃
出版發行：目川文化數位股份有限公司
總 經 理：陳世芳
發　　行：劉曉珍
地　　址：桃園市中壢區文發路 365 號 13 樓
電　　話：(03) 287-1448
傳　　真：(03) 287-0486
電子信箱：service@kidsworld123.com
法律顧問：元大法律事務所
印刷製版：長榮彩色印刷有限公司
總 經 銷：聯合發行股份有限公司
地　　址：新北市新店區寶橋路 235 巷 6 弄 6 號 4 樓
電　　話：(02) 2917-8022
官方網站：www.aquaviewco.com
網路商店：www.kidsworld123.com
粉 絲 頁：FB「目川文化」
出版日期：2023 年 11 月
定　　價：350 元

建議閱讀方式

型式	圖圖圖	圖圖文	圖文文		文文文
圖文比例	無字書	圖畫書	圖文等量	以文為主、少量圖畫為輔	純文字
學習重點	培養興趣	態度與習慣養成	建立閱讀能力	從閱讀中學習新知	從閱讀中學習新知
閱讀方式	親子共讀	親子共讀 引導閱讀	親子共讀 引導閱讀 學習自己讀	學習自己讀 獨立閱讀	獨立閱讀